もくじ

＊

湯川秀樹　詩と科学

詩と科学——こどもたちのために

詩と科学遠いようで近い。近いようで遠い。どうして遠いと思うのか。科学はきびしい先生のようだ。いいかげんな返事はできない。こみいった実験をたんねんにやらねばならぬ。むつかしい数学も勉強しなければならぬ。詩はやさしいお母さんだ。どんな勝手なことをいっても、たいていは聞いて下さる。詩の世界にはどんな美しい花でもある。どんなにおいしい果物でもある。

しかし何だか近いようにも思われる。どうしてだろうか。出発点が同じだからだ。どちらも自然を見ることと聞くことからはじまる。薔薇《ばら》の花の香をかぎ、その美しさをたたえる気持と、花の形状をしらべようとする気持の間には、大きな隔《へだた》りはない。しかし薔薇の詩をつくるのと顕微鏡《けんびきょう》を持ち出すのとではもう方向がちがっている。科学はどんどん進歩して、たくさんの専門にわかれてしまった。いろんな器械がごちゃごちゃに並んでいる実験室、わけの分らぬ数式がどこまでもつづく書物。もうそこには詩の影も形も見えない。科学者とはつまり詩を忘れた人である。詩を失った人である。

そんなら一度うしなった詩はもはや科学の世界にはもどって来ないのだろうか。詩というものは気まぐれなものである。ここにあるだろうと思って一しょうけんめいにさがしても詩が見つかるとは限らないのである。ごみごみした実験室の片隅で、科学者は時々思いがけなく詩を発見するのである。しろうと目にはちっとも面白くない数式の中に、専門家は目に見える花よりもずっとずっと美しい自然の姿をありありとみとめるのである。しかしすべての科学者がかくされた自然の詩に気がつくとは限らない。科学の奥底にふたたび自然の美を見出すことは、むしろ少数のすぐれた学者にだけ許された特権であるかも知れない。ただし一人の人によって見つけられた詩は、いくらでも多くの人にわけることができるのである。

いずれにしても、詩と科学とは同じ所から出発したばかりではなく、行きつく先も同じなのではなかろうか。そしてそれが遠くはなれているように思われるのは、途中の道筋だけに目をつけるからではなかろうか。どちらの道でもずっと先の方までたどって行きさえすればだんだん近よって来るのではなかろうか。それぱかりではない。二つの道は時々思いがけなく交叉《こうさ》することさえあるのである。

（一九四六年 三九歳）

自然と人間

自然は曲線を創り人間は直線を創る。往復の車中から窓外《そうがい》の景色をぼんやり眺《なが》めていると、不意にこんな言葉が頭に浮かぶ。遠近の丘陵《きゅうりょう》の輪郭《りんかく》、草木の枝の一本一本、葉の一枚一枚の末に至るまで、無数の線や面が錯綜《さくそう》しているが、その中に一つとして真直《まっすぐ》な線や完全に平らな面はない。これに反して田園は直線をもって区画され、その間に点綴《てんてい》されている人家の屋根、壁等の全てが直線と平面とを基調とした図形である。

自然界には何故曲線ばかりが現われるか。その理由は簡単である。特別の理由なくして、偶然に直線が実現される確率は、その他の一般の曲線が実現される確率に比して無限に小さいからである。しからば人間は何故に直線を選ぶか。それが最も簡単な規則に従うという意味において、取扱いに最も便利だからである。

自然の創造物である人間の肉体もまた複雑微妙な曲線から構成されている。しかし人間の精神はかえって自然の奥深く探求することによって、その曲線的な外貌《がいぼう》の中に潜《ひそ》む直線的な骨格を発見した。実際今日知られている自然法則のほとんど全部は、なんらかの意味において直線的なものである。しかしさらに奥深く進めば再び直線的でない自然の神髄《しんずい》に触れるのではなかろうか。ここに一つの問題、特に理論物理学の今後の問題があるのではなかろうか。

（一九四〇年 三三歳）

自然を知ること

「自然とは何か」という問いに対しては、自然科学の各部門がそれぞれの立場から、答えを提供するであろう。しかし「自然を知るということは一体どういうことなのか」と聞かれると、返事がむつかしくなる。自然科学者はほとんど無意識的に「自然というものはわれわれと独立に存在するもので、われわれは種々の手段を用いてこれを知ろうとしているのである」というふうに考えてきたのであった。哲学者はこれを素朴《そぼく》だといって、しばしば攻撃の的《まと》にした。しかし素朴かは知らぬが別に実際的な差しつかえがなかったので、自然科学者は容易にこの考えを捨てなかった。

というのは大空の星の運行、地上の諸物体の運動は模型によって極めて正確に再現し得るからであった。もちろん模型といっても、実際に木や石でこしらえたものでなく、ユークリッド幾何学の成立する三次元の空間に種々の図形があり、その配置や形が時間とともに変って行くと想像するだけのことである。

ところが物理学が進歩して、電気や磁気や光に関係したいろいろな現象が研究されるようになると、模型の方ももっと複雑になってきた。われわれの住んでいる世界には通常の物質だけでなしに、エーテル(1)というものが充満していて、これが振動することによって電気や光の現象が起ると想像せねばならなくなった。しかしそうするとエーテルに随分《ずいぶん》いろいろの奇妙な性質を持たせる必要があるのみならず、ある物体が動くと、その内部あるいは付近にあるエーテルが一緒に動くかどうかが厄介《やっかい》な問題になった。そして動くとしても、止っているとしても、その中間を取って見ても、いつでも経験的事実のどれかと矛盾することが明らかとなった。これはつまり、電磁気的現象をエーテル模型によって再現することが不可能であることを意味する。

周知のごとく今日では、われわれは相対性原理(2)にしたがってエーテルの模型を捨ててしまい、何もない空間でも電気や光に関するいろいろな現象が起り得ると考える。そしてこの空間は観測者に無関係に、すなわち絶対的に存在するものではなく、それぞれの観測者の立場に応じてすなわち相対的に空間が定立《ていりつ》されているだけである。ただその場合、諸現象の間に存在する法則はどの観測者にとっても同一の形を取ることが要求される。ところがそれぞれの観測者の想像している模型は互いに無関係ではなく、それらの間の相対的な運動によって対応関係が規定され、それによって自然法則の一義性が保証されるのである。

このようにして、相対性原理では最も素朴な意味の、すなわち三次元的な幾何学的図形としての、絶対的な自然というものは考えられない。しかしこの場合でも時間をも含む四次元的な空間を想像することによって、自然を絶対化することが可能であった。

ところが自然現象の観察が精細になり、原子の世界で起る現象が考慮されるにいたって、「観測者の立場」だけでなしに「どんな方法で観測するか」という点までも問題になってきた。われわれは星から出る光によってその運動を知る。いろいろな物体から散乱される光によってその位置を知る。これらの場合においてはもちろん、それらの物体が光を散乱してもしなくても物体の運動には何等の変化はないのである。ところが例えば個々の電子の位置を知ろうと思って、これに光を当てれば、いわゆるコムプトン効果(3)により必然的に電子の運動が変化するのである。これは、観測手段として用いた光の本性に原因することである。ところが観測手段自身がまた自然の一部である以上、その性質を知るには別の観測が必要である。

実際、光がその本性として粒子・波動の二重性を持っていることを知ったのは、光を当てた場合に電子が反動を受けるという事実が一つの基礎となっている。こう考えてくると、循環論法になってしまいそうであるが、問題は原子の世界をも含んだ一つの「自然」というものを、何らかの形で定立しようとするならば、それは観測される対象も、観測の手段もともにその一部として含む自然の全体を、どこにも矛盾なく再現しているようなものでなければならぬ点にある。現在の量子力学はこのような要求を満足する一つの理論体系である。そこでは「自然をいかにして知るか」は自然自身の性質によって規定されているのである。

元来われわれが何らかの手段によって実際知り得ることから離れて、別に自然の本質を求めることは無意味であるから、「自然とは何か」という問いと、「自然を知るということはどういうことか」という問いとが相互に密接な関係を持っているのは極めて当然のことである。われわれは平生《へいぜい》「自然とは何か」という問いに対して答えているのであるが、それは実は後の方のもっとむつかしい問いに対しても、ある程度の解答になっているのである。

（一九四一年 三四歳）

自然美と人間美

色々な種類の美しさに対する感受性を持っているということは、人間に生れてきたものに取って最も大きな果報の一つであろう。人間を他の動物から区別する特徴として理性が先《ま》ず第一にあげられるのが普通であるが、美に対する感受性というようなものも、――他の高等動物にも全然ないとはいえないかも知れぬが、少なくとも人間の場合にのみ著《いちじる》しい発達を遂げているという意味で――人間の一つの重要な特徴であることは確かである。美を感じこれを愛好するということはしかし、美しくないもの、醜《みにく》いものをも感じ、これを嫌悪するということと、表裏一体の関係にある。従って人間の周囲に美よりも醜が多い場合には、人間を幸福にしてくれる筈《はず》であった感受性が、かえって不幸の元になる。殊《こと》に終戦後の荒廃した国土に住む私ども日本人は、意識的に或《あるい》は無意識的に美醜に対する感受性を鈍《にぶ》らすことに努めずには、生きてゆかれないようにさえ思われる。しかしその反面では、僅《わず》かに残った美しさを見つけ出し、これを大切にするという気持も強くなってくるのである。私は美学者でないから、深く考えて見たことはないが、いつも思うことは、私どもの感ずる美というものは大抵《たいてい》著しく相対的であり、浮動するものであるということである。「鶏群《けいぐん》の一鶴《いっかく》(1)」という譬《たと》えの通り、周囲とのコントラストによって、あるものの美しさが特に強く感ぜられるばかりではない。初めの中《うち》は何も感じないか、或はむしろ醜いと感じたものが、見慣れるに従って、いつしか新しい美がその中から見つけ出され、かえって今まで見なれていて、美しいと思っていたものに対する感受性が減退するか、或は逆に古くさく醜くさえ感ずることが珍しくない。特に近代における科学文明の急激な進展に伴って、新しい機械が次々と発明されてゆく結果として、私どもの美的評価もその時々で変化することを免《まぬ》かれないのである。そんなら美というものは永久に変らない標準はないのかといえば、勿論《もちろん》そうではない。例えば昔から名所といわれている場所は、今日の私どもにもやはり美しい景色だと感ぜられる。ギリシャ彫刻や、東洋の古い仏像の中のすぐれたものは、現代は勿論のこと、ずっと後世までもその美的価値を失わないであろう。それにしても平生高度の客観性と実証性を持った自然科学的真理を探究している私ども自然科学者には、美というようなつかみ所のないものは、実に苦手である。なるべくならば「美」の方は敬遠して、「真」だけですませたいのである。

所が実は真と美とは容易に切離すことができない位に、複雑にからみあっているのである。このことは美を当の相手とする芸術の側では極めて明白な形で現われている。音楽その他特殊な場合を除けば、いつでも「写実」ということが問題となるのを見てもわかる。これにくらべると科学の側では、美しさを正面から問題にすることはないように見える。例えば一つの理論の体系があるとする。その推論に論理的ないし数学的なあやまりがなく、且《か》つその結果が経験と合致するならば、それで申し分はない筈である。しかし科学者達は――口でいったり紙に書いたりしないかも知れないが、少なくとも心の中では意識的或は無意識的に、というよりもむしろ本能的に――その理論体系に対する何等かの美的な評価をしているのである。従って同様な結論を生み出す幾つかの理論があれば、いつの間にかその中で一番エレガントだと感ぜられるものが選び出され、後々まで残ることが珍しくない。もっと極端にいえば、それが科学者に取って如何《いか》にも美しいと感ぜられるが故《ゆえ》に、真理であると信ぜられやすい傾向さえあるのである。例えば相対性原理の如《ごと》きも、その最初の段階、即ち特殊相対性原理(2)に関する限りは、マイケルソンの実験(3)を含む多くの実験のテストに堪《た》え得たことが、科学者の信用を博する主な理由であったことは確かである。しかしこの場合といえども、時間と空間とを一緒にした四次元世界に結晶した自然法則の超感覚的な対称美に動かされない物理学者はないであろう。更《さら》に一般相対性原理(4)になると、日常経験の世界から更に遠ざかると共に、実験的根拠は前の場合よりも少なくなる反面において、私どもの生きている小世界を包んで時間空間のはてまで広がる全宇宙の構造を表現する理論体系の驚くべき均整の美に驚歎《きようたん》せざるを得ないのである。ここまでくると、人々は「真なるが故に美」であるよりもむしろ「美なるが故に真」であるとさえ考えさせられるのである。相対性原理と並んで、更にそれよりも近代性の著しい量子論(5)やその発展したものとしての量子力学(6)の場合には、事情は大分違ってくる。相対性理論をも含む広義の古典物理学に見出された「古典的」な美しさは、自然現象の中にある不連続的な要素の発見によって、一旦《いったん》破壊されてしまった。そして連続不連続の矛盾を統一する合理的な理論体系である量子力学が完成するまでには、二十数年に亙《わた》る多数の科学者の絶えざる努力が必要であった。今日私どもはこの新しい理論体系の中に、古典論に勝《まさ》るとも劣らない美しさを充分感得し得るのであるが、それは極めて豊富な実証的事実によって裏づけられているが故に――いいかえれば真実であることが確かであるが故に――その美しさが特に強く印象されるのである。反発から同感への変化に伴う美の新鮮さが、まだ失われていないのである。しかし年月が経過するに従って、人々は量子力学を初めから出来上った理論体系として――それが事実からの強要によって人間がいや応なしに構成せざるを得なかったものであることを忘れてしまって――古典的諸理論と同じような不動の均整美を保有するものとして受取るようになるであろう。それは丁度《ちょうど》私どもが様々な機械のいわゆる機能美を、今日では極めて自然に受入れることができるのと同様でもあろう。

以上述べた如く、物理学の基礎理論のように、人間の感覚から随分遠く隔《へだ》たっていて、そこには真か偽かという以外に、美か醜かというような問題が、到底《とうてい》ありそうもない領域においてさえ、研究者自身は実はある種の美意識によって強く影響されているのである。そして真と美とが一致した時に、研究者は最も大きな喜びを感ずるのである。そればかりではない。研究の途上における動的な美の意識が、研究の完成と共に、漸次《ぜんじ》静的な美の意識へと変ってゆく経過も、私どもの日常的世界における美の感覚の変化と同型であることが認められる。それは機能美から古典美への変化であるともいえよう。生命の美から結晶の美しさへの移行であるともいえよう。より人間的なものから、より自然的なものへの還元であるともいえるかも知れぬ。蝶《ちょう》から花へ、花から雪へ、地上の雪から天上の月へと遠のいてゆく過程と比較できるかも知れない。

所でこのような傾向は人間性の極めて奥深くから発するもののように思われる。私どもが最も身近な、最も人間的な美しさから、より遠く隔たった美へと追求してゆくに従って、私どもはより安らかな心的状態へと近づいてゆくのである。はかなく移ろいやすい美しさから、決して変ることのない美しさへの移行、それは人間の宗教的な要求というようなものとつながりを持っているのである。科学でいう真理と、宗教的真理とは固《もと》より大変違ったものである。しかし科学者が真理のために真理を探究しようとするのは、やはり自己を包む世界の全体の中に溶けこんでゆきたいという欲求の一つのあらわれであるとも解釈される。その場合、科学はあくまで理性と感性の協力による世界の理解、いいかえれば事実と合致する世界法則の発見を目標としている点において、宗教と全く違った方向に進んでいるように見える。しかしそれ等が人間性という地盤においては、互《たがい》に密接に結びついていることをも否定できないのである。科学がその実用的効果の故のみでなくその見出した真理がそれ自身として人間に最も大きな喜びを与え得るものであるということは、それが人間性の地盤において、美意識や宗教的安心というようなものと深く結びついているからではなかろうか。私は古来の最もすぐれた科学者の思想の中に、何か芸術ならぬ芸術、宗教ならぬ宗教を見出す毎《ごと》に、この感を新たにするのである。

（一九四八年 四一歳）

科学と哲学のつながり

　何もかも一つであった時代、哲学が同時に科学であった時代、われわれはこれを古代と呼ぶ。長い年月が経過した。私どもは「時間」が与えてくれた数々の贈り物に感謝する。それは一つのものから多くのものを創り出した。それらの各々が別々の道を辿《たど》って成長して行った。科学が哲学から別れた。そしてさらに科学自身が数え切れないほど多くの専門分科に枝分れした。それぞれの枝には美しい花が咲いた。甘い実がなった。私ども科学者の一人一人はこの数多い枝のどれかに止っている鳥である。一つ一つの枝には、一羽の鳥を満足さすのに十分な花があり実がある。私どもは余念なく花の香をかぎ実を味わう。他の枝にどんな花が咲き、どんな実がなっているかに注意する暇はないのである。科学の全般に通暁《つうぎょう》するには、人生はあまりにも短い。一つの枝に定住している間に私どもの羽はおおかた退化していて、もはや他の枝へは飛んで行けないかも知れないのである。そう思うと、私は遠い昔がしきりに恋しくなってくる。何もかもが一つであった時代が、哲学者が同時に科学者でもあり得た時代が。

すると私のもう一つの心がささやく。後をふりかえってはならない。時間は絶対に私どもが後戻りすることを許さない。出発点は現在である。目標は未来にある。無知蒙昧《むちもうまい》の過去にあこがれるものはやがてサルにまで、そしてアミーバにまで、そして結局は原子にまで退化せねばならぬであろう。人々の記憶と記録の中にのみ残された「伝説」は所詮《しょせん》、外なる自然の探求の結果として創り出された「科学」によって置きかえらるべき運命を免《まぬが》れ得ないであろう。

もっと違った声がした。未来とは一体何であるか。それは未知なるものの代名詞ではないか。それは新しく創造さるべきものである。それはまだ定まった形を持っていない。私どもの心がこれに一つの形を与えようとする時、いつでも過去の中にその原型をさがし求める。私どもの手が現実の中から創りだすものは、しかし、往々にして過去にあったものとは似ても似つかぬものであることがある。来るべき、否すでに始りつつある原子時代の姿は、私どもの想像を絶するものに変化して行くかも知れないのである。

皆の声は期せずして一つになった。過去を維持しようとするのも放棄しようとするのも、どちらも未来へ向っての行動に違いない。科学と哲学とが一つであった二千年の昔にあこがれる気持が、現在の学問の欠陥を痛感し、科学も哲学も両方とも、もっと良くしたいという気持と相表裏《あいひょうり》している限り、より良い未来の建設と逆行するものではないであろう。あらゆる人間の営みが人間性に根ざすものである以上、科学者が同時に哲学者でありたいという要求は、どんなに学問が分化しても、決して消滅することがないであろう。そして科学のそれぞれの発展段階に応じて、これに適合する新しい哲学の出現が要求さるべきではなかろうか。いつの時代においても、自然の最も深い秘密を探り出そうとする科学者、殊に理論物理学者の中には、自ら哲学者となり自ら新しい哲学を創り出そうとする強い欲望を持った人々が見出されるのが当然ではないか。

ところが哲学は哲学としてそれ自身の長い、そして苦しい体験を経ている今日においては、科学者のいわゆる哲学の多くは現代哲学の名に値せぬ浅薄《せんぱく》なものであるかも知れないのである。平生一つの定まった角度から自然を見ることに習慣づけられている科学者が、ひとかどの哲学だと思っているところのものも、専門の哲学者にとっては、中心から離れた一領域の研究、いわば隅の定石《じょうせき》に過ぎないかも知れない。それは要するに、対象化された自然の定立とその認識という問題の埒外《らちがい》に出ないものであるかも知れない。哲学者はそれよりも先に解決すべきもっと重大な問題を持っているといわれるかも知れないのである。

私はしかし科学者の哲学はそれでも良いと思う。なぜかといえば、科学者の思考の経路は多くの場合において、哲学者と反対の方向に進まざるを得ないからである。科学者はまず客観的な自然の存在を認め、それに対する実証的な研究から入って行く。最初に仮定した自然の客観性がどこまでも保持し得るものか、いかなる制限と変更を要求されるかは、実証的な研究がある程度まで進んで初めて問題となってくるのである。最初から疑ってかかったのでは科学は恐らく成立たないであろう。近代における物理学の発達の結果として生れ来たった相対性理論や量子力学に至って、ようやく疑惑が疑惑以上の積極的な意味を持ち得ることとなったのである。科学者の哲学は、このようにその当時の科学の発展段階に即して構成されるという意味で、つねに相対的であるといわねばならぬ。そしてその時代の哲学者の哲学との間には、いつもある隔たりが残らざるを得ないのである。科学者は哲学者から見れば迂遠《うえん》な道を歩んでいるのである。その歩みは遅々《ちち》としているかも知れない。しかし私ども科学者は、この道がどんなに遠くても、ついには哲学者の道と一致するであろうことを期待しているのである。

人間は自然の中から生れてきた。そしてこの大地の上に住み、一生そこから離れることができない。人間にとってこの自然、この大地ほど身近なものはないともいえる。この自然界に起るさまざまな現象を詳しく調べ、その間の関連を明らかにするのが自然科学であるからには、科学もまた、本来私どもの生活と縁遠いものではないはずである。ところが大多数の人々は、文学や哲学や宗教に対すると同程度の親しみを、科学に対して持っていないように思われる。この傾向は二十代から三十代にかけての若い人たちの場合に、特に著しいように感ぜられる。その主な理由が今日、自然科学が多数の分科に分れ、それぞれが高度に専門化されている結果として、相当程度の予備知識がなければ、その内容を十分理解しえないという事情にあることは明白である。卑近《ひきん》な言葉でいえば、科学は文学や哲学などにくらべて確かに取りつきにくいのみならず、ひととおりの理解に到達するには、より長い時間と、より多くの忍耐力《にんたいりょく》とが必要なのである。それなら科学の方がむつかしくて哲学の方がやさしいかというと、必ずしもそうとはいえないのである。むしろ科学の方が定まったコースにしたがって勉強すれば、ある程度の段階には確実に行きつけるという点において、哲学などより遥かにやさしいともいえるのである。そればかりでなく、人々は科学が人間生活の向上発展にきわめて有用なものであることをも、無数の実例によって十分納得させられているのである。それにもかかわらず、多くの人が科学をものにしようという強い意欲を持たないのはどうしてであろうか。上にも述べたように科学があまりにも専門化したために、その全般に通暁することはおろか、ある一部門を知りつくすことさえ、ほとんど不可能に近くなっているからでもあろう。

しかし一般の人々にとって必要なのは、専門的な科学知識を持つことよりも、むしろ科学の多くの部門に共通した根本的な物の考え方を身につけることにあるとも考えられる。この目的を達成することは、そんなに困難ではないように思われる。なぜかといえば科学は私どものすでに持っている常識や日々の経験をよりどころとし、そこから出発するものだからである。哲学などの方が、かえって初めから一足飛びにむつかしい考え方に入って行かねばならない。この点を平易にいえば次のごとくになるであろう。

この世界には自分のほかに他人も住んでいる。自己も他人も同じ一つの世界に住んでいることは確かである。世界があるということ、自分が生きているということ、他の人もたくさんいるということの意味を深く考えれば、大変むつかしいことになってくるであろうが、とにかく、それらが「ある」には違いないのである。いくらでも疑ってみることはできるが、それは後まわしにして、まず一応、各人に共通な世界があるものとして、それを構成する素材が何であるか、その中でどんな現象が起っているかを調べようとするのが科学である。このような意味で、科学の対象となる世界が、漠然《ばくぜん》と「自然」と呼ばれるところのものなのである。

哲学から見ると、それはしかし、はなはだ不徹底な態度である。自己にとっての外界としての自然と、他人にとっての外界としての自然とが同じものであるという直接の保証はないのである。一歩を譲《ゆず》って、各人に共通なただ一つの世界しかないことを認めたとしても、一人の人が自然という名のもとに対象化したところのものは、決して世界の全体ではなく、全体を――

ほとんど無意識的に――なんらかの方法で自己と外界とに分割した結果としての世界の一部にすぎないとも考えられる。この分割の仕方は人によって違うばかりでなく、同一の人がいろいろの仕方で分割を行う十分な余地が残されているのである。たとえば、自分の身体を除いた残りを外界と考えることもできるし、自己意識だけを残して、身体の中まで全部外界と見なすこともできる。科学は最初このような点を徹底的に反省することなく、あたかも「自然」を唯一絶対なものであるかのごとく取扱うのであるが、実はそれはつねにある一つの「中間的」な立場に立っているのである。そして全体を分割する仕方に無数の違った可能性があるばかりでなく、取出された外界の全部を残るくまなく探求することが限られた時間内では不可能であるという意味において、科学の獲得した真理はつねに「相対的」であるほかないのである。その上に科学が多くの自然現象を支配する根本原理として認めているところのものは、けっしてそれ自身自明なものでなく、直接経験によって裏づけられているものでもない。むしろ、いくつかの根本原理を前提とする多くの推論の結果が、つねに経験と一致することによって、「間接的」に原理自身の正当なことが保証されているだけである。

このように科学が中間的であり、相対的であり、かつ間接的であることは、多くの人々、特に若い人々にとってきわめて不満足なものに感ぜられるのであろう。そして人々が、自己と外界を包む世界全体をなんらかの仕方で一挙に把握《はあく》し、絶対的かつ直接的な真理を獲得しようとする哲学や宗教に、より多くの魅力を感ずるのも、けだし当然のことであるかもしれない。

しかし科学の持つと考えられるそれらの欠点は、これと互いに表裏一体をなしているいくつかのより大きな長所によって償《つぐな》われて余りあることを見逃してはならない。その第一は、科学的知識の「客観性」である。各人の直接経験するところがどんなに複雑多岐であり、かつ見かけ上相互に著しく違っていても、それらはけっして無関係なものでなく、そこに著しい法則的関連があることを、一歩一歩着実に見つけ出して行くのが科学のやり方である。かくして各人に共通な自然の推移が、それぞれの人に違ったかたちで知覚されるのであるという信念が、科学の進歩にともなって、より広い範囲にわたって、より正確にわかってきたのである。科学的知識の相対性と間接性がかえってその確実性と客観性の源泉ともなったのである。

二十世紀に入ってからの精密科学、特に物理学の著しい進歩は、知識により高度な相対性と間接性とを付与するものであった。と同時に、その反面において、その確実性と客観性を増大するものでもあった。しかしその結果として、科学の対象が日常経験の世界からますます遠ざかって行くことによって、「現実性」を減少して行くことを避けえなかった。その代償《だいしよう》として私どもの購《あがな》いえたところのものは、より大きな可能性の発見である。自然の中に潜《ひそ》んでいた、そして今まで私どもの気づかなかったより大きな力を人間の手で自由にしうることになったのである。人間の未来へ向っての発展の可能性は、より広くより大きくなったのである。この点に関してはすでにいろいろな機会に論じたから、ここではこれ以上立入らないことにする。ただここで述べておきたいことは、科学の進む方向が最初哲学などとは少しく違っているように見えるにもかかわらず、その行きつく先が、決して別なものではないであろうことである。科学が中間的な立場から出発し、きわめて間接的な迂遠な道を進んで行くように見えても、その進展に伴ってつねに自己の立場にたいする根本的反省と、立場の変更とを怠《おこた》っていたのではないのである。たとえば今日の物理学の立場は、その出発点である素朴な立場とはよほど違っているのである。この短い文章によって、この間の消息を伝えることは不可能であるが、私はもっと多くの人々が、科学に対するもっと多くの興味を持ってもよいのではなかろうか、そしてその結果、決して失望することはないであろうと、ひそかに思っている次第である。

「科学には限界があるかどうか」という質問をしばしば受ける。科学が自分自身の方法にしたがって確実なそして有用な知識を絶え間なく増加し、人類のために厖大《ぼうだい》かつ永続的な共有財産を蓄積しつつあるのを見ると、科学によってすべての問題が解決される可能性を、将来に期待してもよさそうに思われる。しかしまたその反面において人間のさまざまな活動の中のある部分が、ある方向に発展していった結果として、今日科学といわれるものができ上がったこと、したがってつねに科学と多かれ少なかれ独立する他の種類の他の方向に向っての人間活動が存在し、それらと科学とがある場合には提携し、ある場合には背馳《はいち》しつつ発展するものであることと、現在の科学者にとってまだ多くの未知の領域が残っていることなどを考慮すると、素朴な科学万能論を信ずることはできないのである。

大多数の人は、恐らく何等かの意味において漠然とした科学の限界を予想しているに違いないのであるが、この問題に多少なりとも具体的な解答を与えようとすると、まず科学に対するはっきりした定義を与えることが必要になってくる。ところがそれは決して容易でなく、どんな定義に対してもいろいろな異論が起り得るのである。しかし科学の本質的な部分が事実の確認と、諸事実の間の関連を表わす法則の定立にあることだけは何人《なんぴと》も認めるであろう。事実とは何か、法則とは何かという段になると、また意見の違いを生ずるであろう。しかしいずれにしても、とにかく事実という以上は一人の人の個人的体験であるに止まらず、同時に他の人々の感覚によっても捕え得るという意味における客観性を持たねばならぬ。したがって自分だけにしか見えない夢や幻覚などは、一応「事実」でないとして除外されるであろう。もっとも心理学などにとっては、夢や幻覚でも研究対象となり得るが、その場合にもやはり、体験内容が言葉その他の方法で表現ないし記録されることによって、広い意味での事実にまで客観化されることが必要であろう。この辺まで来ると、科学と文学との境目は、もはやはっきりとはきめられない。自己の体験の忠実な表現は、むしろ文学の本領だともいえるであろう。

それが科学の対象として価値を持ち得るためには、体験の中から引出され客観化された多くの事実を相互に比較することによって、共通性ないし差違が見出され、法則の定立にまで発展する可能性がなければばならぬ。赤とか青とかいう私の感じは、そのままでは他の人の感じと比較のしようがない。物理学の発達に伴って、色の感じの違いが、光の波長の違いにまで抽象化され客観化されることによって、はじめて色や光に関する一般的な法則が把握されることになるのである。その反面においてしかし、私自身にとって最も生き生きした体験の内容であった赤とか青とかいう色の感じそのものは、この抽象化の過程の途中で脱落してしまうことを免れないのである。科学的知識がますます豊富となり、正確となってゆく代償として、私どもにとって別の意味で極めて貴重なものが、随分たくさん科学の網目からもれてゆくのを如何《いかん》ともできないのである。科学が進歩するにしたがって、芸術の種類や形態にも著しい変化が起るであろう。しかし芸術的価値の本質は、つねに科学の網によって捕えられないところにしか見出されないであろう。

一言にしていえば、私どもの体験には必ず他と比較したり、客観化したりすることのできないある絶対的なものが含まれている。人間の自覚ということ自体がその最も著しい例である。

哲学や宗教の根がここにある以上、上記のごとき意味における科学が完全にそれらに取って代ることは不可能であろう。科学の適用される領域はいくらでも広がってゆくであろう。このいわば遠心的な方面には恐らく限界を見出し得ないかも知れない。それは哲学や宗教にも著しい影響を及ぼすでもあろう。しかし、科学が自己発展を続けてゆくためには、その出発点において、またその途中において、故意に、もしくは気がつかずに、多くの大切なものを見のがすほかなかったのである。このような科学の宿命をその限界と呼ぶべきであるならば、それは科学の弱点であるよりもむしろ長所でもあるかも知れない。なぜかといえば、この点を反省することによって、科学は人間の他の諸活動と相補いつつ、人類の全面的な進歩向上に、より一層大きな貢献をなし得ることになるからである。

（一九四七年　四〇歳）

知識と知恵とについて

人間の望み得る最も幸福な社会生活とは、人々のさまざまな欲求が、可能なる最大限度まで満足される場合を意味するであろう。それらの欲求はより物質的な、より普遍的なものから、より精神的な、より特殊なものに至るいろいろな段階に分けられるであろう。どんなに理想的な場合を考えても、それらの欲求は多かれ少なかれ、互いに他を抑圧する性質を持っていることを認めねばならぬ。まして今日のわが国のように窮迫《きゅうはく》した状態にあっては、例えば食生活に追われてろくろく学問もできない人が多いであろうし、また各人の欲求の充足が互いに排他的である程度もはなはだしいのである。食べ物も着る物も住む家も、そのほか日常生活に必要な品物がどれもこれも不足している現状において、ある人が必要以上の物資を占有していること、あるいはそれを浪費することは、まわりまわって他の人々に大きな迷惑を及ぼしているに違いないのである。こんなことはもちろん誰にでもわかっている。

しかし、足りないときまればきまるほど——そして近い将来に欠乏《けつぼう》が緩和《かんわ》される見込みが少なければ少ないほど——ますます自分の方に取込んでおきたいと思うのも、また人情の常である。それが自由にできる人もあれば、やりたくてもできない人もある。できてもやらないのが本当の聖人であろうが、皆がそうなることはもとより望まれない。私ども凡人の世界では、できる人とできない人との間の不公平、どんなことでも平気でやる人と、可能な限度まで良心をもって自制している人との間の不公平をなくす方向へ向っての、大多数の人々の気持を反映した強い政治力が必要であることはいうまでもない。問題は切実で、どんな方法が最も効果的かという点だけが当面の論議の対象として残り得る。その場合、質の問題よりも量の問題の方が遥かに重要になってくる。人の生きようとする欲求を満足せしめるのに必要な物資は、いちじるしい個人差を持っていないからである。それは各家庭の問題であるとともに社会全体の問題であり、国内の問題であると同時に世界共通の問題でもある。世界の大多数の人々の主食が数種類の穀物《こくもつ》に限られ、かつある程度まで相互に交換が可能であるのは、いうまでもなく各人の身体の構造や機能が非常によく似ているという自然的な事情にもとづいている。

より普遍的な欲求からより特殊な欲求へと進むにしたがって、問題の性質はだんだん変ってくる。人間は誰でも多かれ少なかれ知識欲を持っている。その限りにおいては食欲などと同様に、いちじるしい普遍性を持っている。各人の求める知識の内容はしかし、千差万別である。というよりもむしろ知識の内容は初めから限定され得ない。それどころか何か自分の知らないことであればこそ、知りたいという欲求が生ずるのである。米だということがわかっているから安心して食べるのとは大変な違いである。毎日同じ飯を食べるのとは反対に、次々と新しい知識が要求されるのである。それにまた各人が社会生活を営む上に、果してどれだけの知識が必要かを判定することも困難である。食糧《しょくりょう》の場合ならば、各人がどんな種類のものを食べているにしても、例えば一日千五百カロリーはぜひ必要だという大体の標準はきめられる。知識の場合にはカロリーに相当する普遍的な単位がないから、一日にどれだけの知識を摂取すべきかの目安も立たない。それが果して栄養価を持つかどうかを的確に評価することもむつかしい。たとえ十分な栄養価を持った知識であっても、どれだけ消化され吸収され得るかは、摂取する人の素養や態度によってはなはだしく違ってくるであろう。極端にいえば、同じ知識が場合によって、毒にも薬にもなるとさえいい得るのである。

知識を摂取する仕方にもいろいろある。大別すれば学校教育、談話やラジオを聞くこと、新聞・雑誌・単行本を読むこと等となるであろう。もっと広く考えれば、私どもが毎日の生活においてさまざまな経験を積んでゆくこと自身が、すべていわゆる生きた知識の獲得過程にほかならぬものといえるであろう。これらの中で最も知識の内容が限定され、かつ獲得の仕方が画一化されているのは、まず学校教育である。全国の小学校の児童たちは皆同じ教科書で教えられる。上級の学校へ進むにしたがってだんだんとコースが分れてゆきはするが、それぞれの課目の内容は大体きまったものである。この他の方法によって摂取される知識は、多かれ少なかれ当人の自由選択に任されているが、その中でもラジオや新聞は内容が相当程度まで画一化されており、知識を取入れる側の自由選択による開きは少ない。雑誌・書籍・講演・談話となるにしたがって、特殊性が著しくなり、選択の余地が拡大する。例えば一ヵ月の間に各人の読む新聞や雑誌や書籍の組合せは、幾千幾万通りでもあり得る。同じ新聞や雑誌でもどの部分を読むかの違いまで考慮するなら、日本中の人が摂取する知識の内容は、一人一人全部違うといってよいであろう。このように相表裏する共通性および個人差の直接原因としては、例えば自分の手近に、ある種類の新聞や雑誌しか見出し得ないという外的な条件も考えられるし、また長年の習慣で特定の定期刊行物を読みつづけている場合もあるであろう。あるいはまた世間の評判や、著者の他の著作を読んだ経験などから、ある新刊書を購読するということも多いであろう。いずれにしても相当程度の教育を受けた人なら、いったん刺激された知識獲得の欲望は、容易に消失してしまうことはないであろう。

ずっと昔、人間は知恵の木の実を食べたために楽園を追われたといわれる。この「知恵」と今日私どもの求めている「知識」の間にはもちろん共通するものがある。前者がだんだん分化発達して後者になったのだといえるかも知れない。どちらも古くから使われている言葉で、はっきり区別することはもとより困難である。それにしても私どもには、両者の間にある質的な違いが明らかに感ぜられるのである。知識が外部から摂取されるものであるのに対して、知恵はむしろその人の内部から自ら生れ出てくるものを主体としている。前者が未知なるものへ向っての——多くの場合意識的な——自己拡大によって獲得されてゆくのに対して、後者は自己の生活体験を通じてほとんど無意識の中に出来上がるともいわれる。それは遺伝的、本能的なものの発現であるともいわれるであろう。犬には犬の知恵があり、蜂には蜂の知恵があるという場合、このような意味に解するほかないであろう。

古代から中世にわたって人々はこのような知恵を尊重してきた。特に東洋においてはその人の新たに獲得した知識よりも、その人に自《おのずか》ら具《そな》わった知恵がこの上もなく貴重なものと考えられてきた。この傾向は知能の場合ばかりでなく、技能の場合にも認められる。画一的なコースによって誰でも習得することのできる技術よりも、特定の素質を恵まれた人が、長年にわたる修業の結果として身につけることのできた芸に、より高い評価がなされるのである。このように知能の場合にも技能の場合にも、より類例の少ない能力に、そして到達のより困難な境地に、より高い価値が認められたのは、もとより当然のことでもあろう。

しかし人間の知性といわれるものが、他の動物の知恵と区別されるゆえんは、何よりもまず自己の外なるものと自分自身の二つが、同時的なしかも異質的な存在であることの明瞭な意識の成立に見出されるであろう。それは知恵であると同時に知識でもある。それは一方では新しい知識を追求し獲得する可能性としての知恵であり、他方では知識の修得と蓄積によって一応でき上がった状態としての知恵でもある。人間全体の進歩に伴って、各人の持ち得る知恵もだんだん豊富になり精細になってゆく。現在までに人類の蓄積し得た知識の厖大《ぼうだい》な体系は、しかし、個人個人の分有であるより以上に、人類全体の共有物でもある。書籍その他の出版物による知識の大量的複製、図書館・研究室等の完備による知識の集中整理によって、今後もこの傾向はますますいちじるしくなってゆくであろう。

かくして共有される知識の全体は、個人が修得すべく質的にも量的にもあまりにも豊富すぎるのである。学者にとって大切なことは、その極《ご》く一部でもよいから確実な、そして精細な知識を持ち、さらにその方面において、新しい知識を見出し、人類の図書館に何物かを付け加えることにある。かかる人間活動の原動力となるのは、やはり昔から人間に具わった知恵以外のものではないかも知れぬ。しかしこの両者はもとより分離し得るものではない。獲得された知識がやがて知恵と溶けあって一体となり、後者の成長、脱皮を促進するのである。そしてこのように不断に拡大してゆく知性によって、初めて人類の共有物たる多種多様な知識の集積の整理や見通しや体系化が可能なのである。

そればかりではない。私どもが古来漠然《ばくぜん》と知恵の名で呼んできたところのものも、外部世界に対する知識と予期以上の共通性を持っていることが、漸次明らかになってきた。私どもが最初内なるものと考えていた肉体もまた、自然の一部として対象化し得るのである。それはいわば外なる自然に対する内なる自然である。この二つの自然はつねに交流しているのみならず、同一の素材を持ち、同一の法則にしたがっているのである。二つの自然のもっとも複雑な仕方での相互作用の行われる中心が人間にほかならぬ。そして人間の知恵の特質はこの二つの自然の連続性と同時に、自己を通じて両者が相互作用を行なっていることを自覚し、かつそれらを探求し得るところにあるであろう。人間精神といわれるものの一つの特質がここに見出されるのであり、この方向に向っての探求を通じて人間性自身の進化も行われるであろう。

（一九四七年　四〇歳）

具象以前

人生の最も大きな喜びの一つは、年来の希望が実現した時、長年の努力が実を結んだ時に得られる。私のような研究者にとっては、長い間、心の中で暖めていた着想・構想が、一つの具体的な理論体系の形にまとまった時、そしてそれから出てくる結論が実験によって確証された時に、最も大きな生きがいが感ぜられる。しかし、そういう瞬間は、私たちの長い研究生活の間に、ごくまれにしか訪れない。私たちの人生のほとんど全部は、同じようなことのくりかえし、同じ平面の上でのゆきつもどりつのために費やされてしまう。日々の努力によって、相当前進したつもりになっていても、ふりかえってみると、結局、同じ平面の上の少し離れたところにきているに過ぎないことを、あまりにもしばしば発見する。一つの段階からもう一つ上の段階に飛びあがれるのは、それこそ天《あま》の羽衣《はごろも》がきてなでるほどに、まれなことである。

そんなら人生の大半は、小さくいえばその人の個人としての進歩・飛躍《ひやく》、大きくいえば人類の進歩・飛躍とは無関係な、エネルギーの消費に終始しているのであろうか。決してそうではないように思われる。むしろムダに終わってしまったように見える努力のくりかえしの方が、たまにしか訪れない決定的瞬間より、ずっと深い大きな意味を持つ場合があるのではないか。ずっと若いころの私は「百日の労苦は一日の成功のためにある」という考えに傾いていた。近年の私の考え方は、年とともにそれとは反対の方向に傾いてきた。それに伴なって、真理の探求の道を歩いた多くの科学者に対する私の評価も、昔と今とで大分違ってきた。

ある科学者が画期的な発見をするとか、基本的に新しい着想から出発した、ある学説を提唱するとかした場合、私たちはもちろん、その学者を高く評価する。一言にしていえば、科学者をその業績によって評価する、それは確かに公正な態度である。どんなにその学者が苦心さんたんしたにせよ、そこから独創的な業績が生まれなかったら、多くの場合、私たちはその人の価値を認める正当な理由を持ち得ないであろう。それはそうに違いない。しかし同時にそれは、外から見た時の、やや離れて見た時の評価でもある。

ところで、私たちは自分以外の学者の大多数が、どういう苦労をしているか、何に苦労をしているかを知らない。自分の身近の少数の学者について、あるいは遠くにいる学者がある大きな成功を収めた場合についてだけ、それらの人々の苦心を知らされたり、関心を持ったりするのである。一人の人間の能力はきわめて限られている。自分以外の多数の人たちの苦労に一々関心を持っていたのでは、自分自身が失われてしまうであろう。それもその通りである。

しかし、それにもかかわらず、私は近来、外から見て、離れて見て、ある人の評価をするだけではいけないということを、ますます強く感じるようになってきた。ある人が何のために努力しているか、何を苦労しているかという面を、もっと重要視しなければならないと思うようになってきた。天の羽衣がきてなでるという幸運は滅多《めった》に来ない。一度もそういう幸運に恵まれずに一生を終わる人の方がずっと多いであろう。しかし、だからといって、そういう人の人生は無意味であったとは限らない。他人は知らなくても、その人自身は何かについて苦心をしつづけていたかも知れない。その「何か」が重要なことであったかも知れない。「どんな風に」苦心したかが重要であったかも知れない。

絵をかく人は、絵になる以前のイメージを自分の中で暖ため育ててきたであろう。彫刻家は素材を前にして、まだ現実化されない理想的な形態を思い浮かべているであろう。科学者の研究が一応完結するまでに、一編の論文となるまでに、どんなに長い間、生みの苦しみをつづけてきたのか。ついに絵にならない場合、ついに彫刻が完成しない場合、論文が出版されない場合、それがどんなに多いか。外から離れて見る者にはわからない。いわばそれは具象以前の世界である。混沌《こんとん》から、ある明確な形態をもった物が生まれるより以前の世界、生まれようとしている世界である。その人自身にとって、また深い関心をもって、その人の世界を知ろうとする人にとって、それは無意味な世界ではない。

科学文明の発達の結果として、情報伝達の方法が急激に変化してきた。新聞・ラジオ・テレビ等を通じて、私たちに与えられる情報が、ますます重要となり、私たちに圧倒的な影響を及ぼすようになってきた。それは一方では、遠く離れたところで起こった出来事、自分と直接関係のない人々を、身近に感じさせる作用を持っている。他方ではしかし、情報を受けとる個人の特殊性を越えて、あらかじめ選択された情報を万人に同じように与える作用をも持っている。

それは既《すで》に具象化されたものの中からの選択である。具象以前の世界は初めから問題になっていない。

情報伝達だけではない。人間の頭脳の機能の一部までも機械が受けもってくれるようになってきた。しかし、そういう機械もまた、既に具象化された知識を適当な記号の形に変えた時にだけ質問として受け入れてくれるのである。そしてその機械が与えてくれる答えもまた、具象化された知識に関するものだけである。

人間は具象以前の世界を内蔵している。そしてそこから何か具象化されたものを取り出そうとする。科学も芸術もそういう努力のあらわれである。いわば混沌に目鼻をつけようとする努力である。人生の意義の少なくとも一つは、ここに見出し得るのではなかろうか。

（一九六一年 五四歳）

知性と創造と幸福

知性はしばしば寝た子を起す働きをする。教育が普及するにつれて、今まで従順であった子供が反抗をはじめて困るという親のなげきが聞えてくる。それはかえらぬ昔を恋うる愚痴《こぐち》のひびきをおびている。筋道だってものごとを考える力ができてくると、今まで何とも思わずにしてきたことが急に変だと気がつく。やがて世の中には不合理なことがやたらに多いように思われてくる。不合理なことに敏感になり、強く反発するようになる。相当な教育をうける機会にめぐまれた人なら誰でも、程度の違いはあっても一度はこういう時期を通過する。問題はむしろそれから先の変化の仕方にある。

せっかく目ざめた知性をまた眠らせてしまう場合もある。人間世界はどうせ理屈どおりいかないのだと簡単にあきらめてしまうこともあろう。人間の知性では測り知れない何ものかがある、それを信じそこによりどころを求めるというようになることもあろう。

一たん目ざめた知性がいつまでも最初の鋭敏性を保《たも》つ場合もある。そういう場合には、しばしば知性は尖鋭《せんえい》に働くだけで成長がとまってしまうことがある。不合理な点を目ざとく見つけるが、建設的な意見をつくりあげる力にかけていることになる。

この世の中に不合理と思われることがたくさんあるのは否定できない事実である。しかしそういうものが存在していることにはそれぞれ理由があるであろう。理由があるということは、それが正当化されるということと同じではない。しかし正当化されると否《いな》とにかかわらず、ある事柄がこの世に起る理由を知ろうとするのが知性の働きである。そういう働きを通じて知性が成長してゆくことも改めていうまでもないであろう。

「カラマゾフ兄弟」(1)の中に出てくる人物の多くはうそばかりついている。うそをつかないアリョーシャやゾシマ長老の方がむしろ例外的存在である。他の多くの人物は困った人たちである。現実に自分たちの周囲にいてほしくない人たちである。しかし「カラマゾフ兄弟」からうける深い感銘《かんめい》はちょっとほかに比類がない。汚れた人たちのひきおこすいとわしい事件の連続を読みながら、自分の心の奥底から洗われたようなすがすがしい気持になる。

自然科学の中でも特に理論物理学の目標とするところは、自然現象の奥にある合理性の発見である。十九世紀の終りまで物理学者は光が波であることをひたむきに信じていた。二十世紀になって光は粒子の集りであるという説が出てきた。十九世紀の物理学者たちは、光が粒子だという考えは間違いだとして、とっくの昔に捨ててしまっていたのである。波であることが本当なら、粒子であるというのはうそのはずである。粒子であるという説を復活させるなら波動説はひっこめなければならない。実際はしかし、光は確かに波だと思われるふしもあり、粒子だと思われるふしもあるのである。二十世紀の初めの二十年あまりの間、物理学者たちはこの矛盾《むじゅん》になやみぬいたのである。結局量子力学という新しい理論体系ができて、光も物質もどちらも波動・粒子の二重の性質を持っているという奇妙な事態を、合理的に理解できるようになったのである。理論物理学はそれで一応の解決に到達したのである。ある範囲内の自然現象の合理性が把握されれば、それで一応満足してよかったのである。理論物理学者の創造的活動の中で一番大切なのは、ある観点から見て不合理と思われる事柄《ことがら》の奥底にある合理性を見つけだすことである。そのためには新しい観点へ飛躍的に移ることが必要であった。はじめから合理性のはっきりしているような対象ばかりあつかっている限り、一番大きな創造力の発揮《はっき》される機会はないのである。

人間世界のできごとに対しても、一見きわめて不合理と思われることがらの奥に、人間の存在の仕方のある必然性を洞察するところに、知性をふくめた人間精神の創造的活動があるであろう。かつて私が「カラマゾフ兄弟」からうけた感銘が、理論物理学の独創的著作からうけた感銘と共通するものを持っていたことも、理由のないことではないであろう。

しかし人間世界の出来事の場合には、合理性とか必然性とかを見出すところで問題は終るのではない。そこでの一番大きな問題は常に人間の幸福である。自分の幸福が問題であり、他人の幸福が問題である。何を幸福と感じるかは知性だけの問題でないことはもちろんである。知性が容易に合理的に把握することのできない人間の感情とか情緒とかいわれるものの方がより直接に幸福につながっているのである。知性がまだ気づかずにいる潜在意識の働きが、そこではしばしば決定的な意味を持ちうるのである。

しかしこういう事情があるからといって、人間の幸福の問題に対して知性が無力だということにはならない。知性は成長し深化しうるところのものである。知性が自らを深めることによって、逆に人間性のより大きな領域を知性の面まで浮びあがらせることができるのである。このような努力が人間の幸福の問題と密接につながっている。外なる世界へ向っての科学の探究の進展が知性の深化によって裏づけられていないなら、新鋭の武器を持った野蛮人《やばんじん》ができあがるだけであろう。

（一九五五年 四八歳）

科学と道徳

科学者が科学者らしくあるということは、あることが真実であるか否かという判断を、できるだけ他の価値判断から分離し、前者について明確な結論を出すために努力を集中することであると考えられてきた。他の価値判断の中で最も注意深く分離されてきたのは、何等かの道徳的基準を前提とする善か悪かの価値判断であったように思われる。もちろん、そういう道徳的基準は、それ自身独立したものではなく、どういう宗教や主義を背景に持つかによって違っていた。科学が進歩してゆくためには、科学者が真理探究の努力の過程において、できるだけ他の価値判断、特に道徳的判断による擾乱《じょうらん》(1)を排除することが確かに必要であったし、また有効であった。そして過去においてそうであったと同様に、これから先も上のような意味で科学者が科学者らしくある必要性に変りはないであろう。

しかしこのことは、必ずしも科学者が科学者らしくありさえすれば、それで充分だということを意味してはいない。広い意味での自然科学の両極端に位する数学と医学という二つの場合を取って見ると、この間の事情は直《ただ》ちに明白になる。医学の側では医学的知識・技術の拡大・進歩のための努力と同時に、知識や技術を病気の治療や健康の増進に貢献する方向だけに応用する努力と注意がなされてきた。そこでは人道的な考慮という一種の道徳的判断が常に加えられてきたのである。これに反して純粋数学の例では、論理的矛盾の有無という価値判断だけで充分でなかったとしても、そこにつけ加わってくるのは道徳的判断ではなく、むしろ数学体系がエレガントであるかどうかというような美的判断であった。

この両端の中間に位する自然科学の様々な分野に属する科学者のそれぞれが、この問題を自分なりに処理してきたに違いないのであるが、少なくとも表面的には、概《がい》して無関心であるように見えた。というよりもむしろ、始めに述べたような意味で科学者が科学者らしくあることによって、人間社会の一員としての責任が充分果されるという考え方の方が支配的であったように思われた。特に自然現象に関する最も基礎的な研究を担当する純粋物理学者の間では、社会的責任などということは考えず、ひたすら真理のために真理を探求するのが、最も尊敬すべき態度だと認められてきたのである。実際私自身も原子力の実用性が問題となるまではそれでよいと思っていた。私のような理論物理学者が理論物理学者らしくあるために、真実か否かの判断以外につけ加えるべきものがありとすれば、それは純粋数学者の場合と同じ様な美的判断であると思っていた。ということは人間らしく生きてゆくために必要な道徳的判断は、それとは一応分離できることを意味していた。分離してもよいと判定する最も有力な理由は、ある学者が理論物理学を研究することと、他の多くの人々の生命や健康との間に、何のつながりもないように見えていたことである。それ以後今日までの間に私どもの考え方は変らざるを得なくなった。原子物理学の研究と多くの人々の生命や健康との間に、どんなに間接な仕方であろうと、とにかくつながりがあることを否定できなくなってきたからである。最も著しい例は、人間の日常生活とは非常に縁遠い研究だと思われていたアインシュタインの相対性理論が、あらゆる原子力の研究に共通する基本原理の一つであることがわかったことであろう。医者の仕事は直接、患者の健康や生命と結びついていた。それ故《ゆえ》にそれは昔から仁術《じんじゅつ》でなければならなかった。今や原子物理学者の研究は、間接的であるにしても、一人の医者の診察を受ける患者の数とは比較にならない多数の人々の生命と関係を持ち得ることになったのである。少し大げさにいえば、「人類の存続」とさえ関係を持ち得ることになったのである。科学者が科学者であるために必要な価値判断と、その人が人間らしくあるために必要な価値判断とを、完全には分離できないことが明白となったのである。

こういうことは、日本の科学者の大多数にとって最早《もは》や自明のことであろう。問題は世界中の科学者、特に強大な国々の科学者が、それを自明のことと考え、またそういう考え方に立脚して、科学者としてまた人間として行動するかどうかにある。根本の考え方は同じであっても、それを行動にどこまで反映さすかは、その科学者の置かれた立場によって相当違ってくるであろう。誰でも人に説教されることを好まない。科学者もまた例外ではない。更《さら》に科学者は人に説教することをも好まない。それは科学者が科学者らしくあることを妨《さまた》げると考えられるからである。真理のために真理を探究することだけに、自分の全精力を集中し得たならば、どんなに幸福であろうか。こういう気持は純粋な科学を研究する真面目な科学者のほとんどすべてに共通する所のものであろう。しかしそれは最早や昨日の夢である。

　アインシュタインが死ぬ少し前に「もし自分が生れ変ってきたなら、科学者にならないで行商人か鉛管工《えんかんこう》になりたい」と言った言葉には色々な意味が含まれているであろうが、そこには彼の高遠な理想から余りにへだたった現実に対する嘆息《たんそく》のひびきがあることは確かである。昨日の夢はもう二度と戻って来ないのであろうか。私たちは絶望してはならない。最近になって、色々な国の科学者の中から、私どもを勇気づける声が起こってきたのを見逃してはならない。私どもはこういう声が少しずつでも大きくなってゆくのを期待してよいのではなかろうか。パグウォッシュの科学者会議(2)から発せられた声はまだ小さくまた穏《おだ》やかすぎるかも知れない。しかしそれは、世界中の科学者がはげましあい、また科学者以外の人々に良い影響を与えることによって、直接たると間接たるとを問わず、科学が人類の幸福のためにのみ奉仕するようになる日を一日でも早くするために、いささかなりとも貢献したいという気持の現われである。いつの日か、私ども純粋の科学者に、ふたたび真理のための真理の探究だけに努力を集中できるという幸福な夢が戻ってくるのを、私はひそかに、そして切に望んでいるのである。

（一九五七年　五〇歳）

目と手と心

人間が「物」を造るには必ず「手」を使う。手によって物の形を変える。そこにわれわれの役に立つ物が出来上がる。ある場合には、出来上がった物自身を道具としてさらに別の物が造り出される。それがまた道具となる場合さえある。道具が複雑化すれば機械となる。そしてわれわれの手によって直接造り得る物とは比較にならぬほど大きなもの、精巧なものが機械によって容易に造り出されるのである。

しかしながら道具や機械がどんなに進歩しようとも、それが手の延長であり、手によって操《あやつ》り得るものである限りにおいて、ある種の制約を免れることはできないのである。それは第一に形のあるものでなければならない。しかもそれは手で動かしても、容易に形が崩れたり壊れたりしないほどに丈夫でなければならない。すなわち物理学でいうところの「固体」でなければならない。複雑な機械となれば、単一な固体でなく、多くの固体が特定の仕方で連結されねばならぬことはもちろんである。いずれにしても「技術」といわれるものは、つねにこのような一定の形と強さを持った機械を不可欠の要素としていることは、改めていうまでもないであろう。

ところが物の形を変えて新しい物をつくり出すという仕事には、もう一つの不可欠の要素がある。それはいうまでもなく、物を動かすのに要する「力」である。手の指先の器用さと同時に、腕の筋肉の力が必要であったのである。それぞれの機械になんらかの形で動力が補給されねばならない。それはあるいは蒸気の膨張《ぼうちょう》する力であり、ガスの爆発の力であり、電気の力であった。しかしながら力自身は本来形のないものである。ただそれが形のある物に伴っているが故に、われわれはこれを制御《せいぎょ》し得たのである。高所から落ちて来た水自身が運動のエネルギーを持っていたが故に、それを電力に変えることが可能であった。電力そのものもまた、それが「針金」という固体の中を流れる電流という形において、はじめて人間の手で操り得たのである。空間を伝わる電波は、アンテナによって捕えられてはじめて有用となるのである。

このようにして人間がいろいろな形の力を利用して、さまざまな物を造り出すに当って、直接相手としているのは、つねに固体または固体の連結したものとしての機械であり器具である。しからばそれらを造り出す材料となっている物自身は、一体どこから得たのであるか。

それはなんらかの形で初めからそこにあったのである。人間のいるといないとにかかわらず、自然物として存在していたのである。物を造るのに必要な動力はどこから出て来たのであろうか。それももちろん、自然が本来持っていた力以外の何物でもない。現に自然自身がわれわれの存在すると否とにかかわらず、自分自身の中に包蔵《ほうぞう》する力によって、不断にその姿を変えつつあるのである。山上の土は絶えず雨水によって平地へ運ばれている。動物や植物が数限りなく出来ては無くなって行くのである。

この休止することを知らぬ自然自身は、一体誰が造ったものであるか。造り手の姿はどこにも見えないが、人間との類推によって造物者を想像することは勝手である。しかし造物者は人間のように「手」を持って物を造りはしないのである。特別な道具、特別な機械を使うのではないのである。文字通り自然に物の姿が変り、物が出来上がってゆくのである。「天道不言而品物亭歳功成」(1)という言葉の通りである。人間自身の肉体もまた自然の所産として、道具を使わずして造られたものである。肉体の一部であるところの手自身は、決して固体としての道具ではないのである。

造物者が手を使わなかったとするならば、その代りに使った物は何であったか。人間との類推によって造物者の心を想像することも勝手である。その心はしかし人間よりも遥かに理性的なものである。自然は自分自身の規則を持っている。そして、それから逸脱した振舞をすることは決してないのである。自然力の発現、自然の姿の変化は、すべて自然が自ら定めた規律に忠実である結果として生れてきたものである。造物者は他を動かす「手」を持たない、造物者自らの「心」にしたがって変化して行くのである。

しからば造物者の心は何によって知り得るであろうか。人間の心は果して何等《なんら》かの仕方でこれと共感し得るのであろうか。これに対して解答を与えるものは「科学」である。科学は現に自然自身が遵奉《じゅんぽう》している、さまざまな規則を見つけ出しているのである。いかなる方法によって、これを見つけ出したのであるか。あたかも目に見える顔、形を通じてその人の心を察し得るがごとく、目に見える自然の姿を通じて造物者の心を察し得たのである。物を造るのに「手」が必要であったのと同じ程度において、物を知るには「目」が必要であった。しかしながら目が単なる肉眼にとどまっている間は、自然の表層しか見ることができなかった。顕微鏡《けんびきょう》が発明され、エックス線発生装置が考案され、それによって肉眼が補強されて、初めて自然の本当の心を見抜くことができたのである。

しかしそれ等《ら》はまた、すべて人間の手によって造り出された「機械」であった。ここでも機械が人間と自然とを結ぶ殆《ほと》んど唯一の通路として横たわっているのを見出すのである。しかしそれは決して孤立しているのではない。形ある物としての機械の背後には目に見えない自然力があり、物も力も不動の自然法則にしたがって変化して行くものであることを忘れてはならないのである。

（一九四三年 三六歳）

甘さと辛さ

食物に甘さや辛さがあるように、人間にも甘さと辛さがあるようである。学校の先生が点数をつける時の甘さ辛さは、ある程度までその先生の人間の甘さ辛さを反映しているようである。学生の身になって見ると、予期していたより良い点数をつけてくれた先生には何となく好感を持つだけでなく、その課目が好きになり、よく勉強するようになる場合が多いから、どちらかといえば、点の甘い方が教育的効果は大きそうに私には思える。

ところがこういう風に思えるということ自身が、甘い人間である証拠であるかも知れない。反対に勉強しなくても、良い点をつけてくれるから、サボってやろうという心掛けの学生も相当あり得るのである。本当に学生のためを思うなら、自分の実力をきびしく反省させる機会を与える方が正しいという考え方もあるであろう。

しかし私の今までの経験では、叱《しか》って反省さすことによってよくなる場合よりも、ほめて奨《しょう》励《れい》することによってよくなる場合の方が多いようである。一々の場合によっていろいろ違うにしても、統計的に見ると、甘すぎる方が辛すぎるよりも結果はよさそうである。

一つの社会を構成する人間の皆が仲好く気持よく暮して行くためには、各人がそれぞれある程度の甘さを持っている必要があることは確かである。お互いにあまり批判的すぎる社会は居心地が悪い。

しかしどういう社会にも危険性はある。例えばその中のある一人、またはある一部のグループの勢力が不当に増大し、自分勝手なことばかりするとか、あるいは常軌《じょうき》を逸《いっ》した危険な行動をするような事態に立ちいたる危険性はどのような社会にも潜んでいる。こういう危険を予《あらかじ》め防ぐためには、各人がある種の辛さを保持していることが必要である。私人としては甘くても公人としては辛くなければならないというようなことが時々起ってくる。人間の辛さの全然必要でないような社会は天国以外にはないかも知れない。一人々々の人間を取って見ても、一生甘さだけで無事に暮せる人はよほど運の好い人である。そういう場合もたいてい誰かが代りに辛さを引きうけているのである。

私ども科学者というものは気難しくて、甘さよりも辛さの目立つ人達だと思われがちのようであるが、それも必ずしも当っていない。学者にも甘さと辛さの両面が必要である。非常にすぐれた学者、特に学問の進歩に建設的な役割を果した学者には、必ずある種の甘さが見出されるのである。

辛さばかりが勝つと人の仕事に対して批判的になりすぎて、うまくゆけば物になる研究の芽ばえを摘《つ》んでしまうおそれがあるばかりでなく、自分自身の中にある可能性までも押えてしまうことがある。学問が飛躍的な進歩をする時には、誰かが今まで思いもかけなかった新しい考えを思いつくとか、新しい物事を見つけだすとかいうことがきっかけとなっている。私どもの持っている既成の概念や知識と相容れないようなものを受けいれる気持を私どもが持っていなければ、自分の心の中で、あるいは他の人の心の中で成長すべき新しい大切なものが萎《しぼ》んでしまうおそれがある。そこで甘さというか包容力というかオープンマインデッドネスというか、そういうものが私ども学者の気持、学者の平素からの心構えとして大変大切になってくる。そういうものが実際すぐれた学者の中にはどこかに見出されるのである。

（一九五四年　四七歳）

痴人《ちじん》の夢

夢を描いてばかりいるのは痴人であるといわれる。しかしまた、「痴人の前に夢を説《と》かず(1)」ともいう。そうすると他人の夢には耳を傾けるが、自分の夢を持たないのが賢人なのであろうか。賢人でなくてもよいから、自分の夢を持ち、人の夢を認める雅量《がりよう》を持った人間でありたいと思う。

白昼夢を見るのが異常であっても、夜寝て夢を見るのは当り前のことである。寝て見る夢は、自分の知らない自分を教えてくれる。したがって他人には面白くなくても自分には面白い。フロイト以来、他人の夢も学問の対象としてさかんに研究されるようになった。いずれにしても、各人が自分ではよく知らない自分を持っているということは、大変面白いことである。面白いばかりでなく、たいへん重大なことでもある。この点を各人がもっとよく考えると、世の中はもっと面白くなり、もっと良くなりそうに思われる。

平生無口な人が酒をのむと急におしゃべりになる。抑圧《よくあつ》がなくなったのだといって見ても、抑圧していたのも自分であり、抑圧されていたのも自分であることに変りはない。ジーキルとハイドの二面性を全然持たない人はなさそうに見える。両面がその時々で際立《きわだ》ってあらわれると異常に感ぜられるだけであろう。

自分の知らない自分の中にどんなものが潜んでいるか、はっきりとはわからないのが当り前である。その中には良いものもあるであろうし、悪いものもあるであろう。良いとか悪いとかいう判断は誰がするのか。自分の知っている自分がするように思っているが、果してそうか。

自分の中に自分の知らないものがあるというところに、人間性の解放という問題の重要さがあると同時にむつかしさもある。解放はして見ても、解放されてあばれ出したものを、自分で制御する力がなかったら、酔っぱらった人間みたいになってしまう。解放されようとする自分に対して、それを抑圧しようとする自分の力が余り強すぎると、全く面白くない人間になってしまう。

人間が子供から大人になってゆく経過は、酔っぱらった人間が面白くない人間に変ってゆく過程とちょっと似ている。自分で自分を制御《せいぎょ》する力の弱い人の方が無邪気に見える間は、無邪気でない人に対するよりも親近感を感ずる。しかしそれが度を越すと、厄介者《やっかいもの》になってくる。野獣《やじゅう》的に見えることがある。機械に似てくることもある。自然物に近づいてくることもある。

人間が自分の知らない自分を持っているということは、自分の知らない過去、忘れてしまった過去を背負っているということでもある。その中には今日の人間にとって不必要なものがたくさんあるようである。不必要なばかりか邪魔《じゃま》になるものがあるようである。残忍性というようなものも、人間が人間に進化する以前において、種族保存のために必要であったのかも知れない。人間が人間になってからも残忍性が、いろいろな形で利用されてきた。昔の残忍な刑罰《けいばつ》は、今から見ると単に嫌悪《けんお》すべきもの、排斥《はいせき》すべきものとしか思われないが、その時代の多くの人には必要と思われていたかも知れない。現代人の中でも、残忍性の残存の程度や仕方はいろいろある。子供の時代に動物虐待《ぎゃくたい》に興味を持った人もあり、子供の時代からそれを嫌悪した人もある。大人になると残忍性は一応抑圧されているが、時々それが外に現れることがある。

今いった例などは実は非常に簡単な場合である。人間が自分の中に過去を背負っている仕方は一般には非常に複雑である。自分の知っている自分にとって非常にもっともな、筋の通った行動と思っているのが、実は自分の知らない自分の操《あやつ》るままに、ロボットのように行動していることであったりする。他人から見ると非常に奇妙であるが、当人は一生気づかずじまいという場合も少なくない。各人がそれぞれ何ほどか奇妙な点を持っているのが人間である、ともいえる。人間それぞれが幸福を求めている以上、その手段としての金銭にある程度の執着を持つことは、全くもっともなことである。しかし、手段がいつの間にか目的になってしまっても、当人は気づかずにいる場合が多い。自分では合理的に行動しているつもりが、いつの間にか何物かの奴隷《どれい》になってしまっていることが珍しくない。

自分の背負っているものが自分の知っている過去および自分の知らない過去の蓄積であり遺物であると考えることは、決して愉快なことではない。背負っている荷物を全部捨てることができないとわかれば、尚更《なおさら》それが重荷になる。生命に対する執着は一番古くから背負ってきた荷物であろう。この荷物は滅多に捨てられぬ。名誉心《めいよしん》や嫉妬心《しっとしん》となると、もっと新しい荷物であるが、この方がもっともっと捨てにくい。捨てたつもりでいても、いつの間にか形を変えてつきまとっている。捨てても捨てても、そういうものにつきまとわれているところに、人間の人間らしさがあるかも知れない。重荷だと思って捨ててしまって、初めてそれが実は自分を推進する原動力であったことに気がつくこともあろう。

人間は過去を背負っているといっても、喜怒哀楽はそこに巣くっているのであるから、人間の幸福という問題もそこを離れることができない。そればかりではない。自分の中に潜んでいるのは過去ばかりではない。過去・現在・未来という区別を超えて、永遠性を持ったものも確かにある。人間の理性といわれるものも人間の歴史の中の産物である。しかし理性の認める真理の中には、時間を超えたものがある。理性の特質は、それが自分の知っている自分の中に顕在している点にある。しかし理性を活発に働かせる原動力は、自分のよく知らないところに潜在しているようである。特に人間の創造的活動といわれるものは、合理性だけではどうしても片づけられない。そこでは想像力が重要な役割を演じる。

想像力ということになると、そこに未来が立ちあらわれる可能性が開かれてくる。人間が現実にないこと、過去にもなかったであろうことを想像する能力を持っていることは、人間にとって一番嬉《うれ》しいことのはずだと思う。機械が段々発達すると、人間の頭脳の代りをしてくれる機械もできてくる。機械の理性が人間の理性よりもずっと能率的に働くようになることは十分考えられる。しかし機械は想像を逞《たくま》しくすることはないであろう。もしも機械が想像し始めたら、人間は機械が狂ったといって廃棄してしまうであろう。

そんなわけで、私は起きている時でも夢を見る痴人であることに甘んじてよいと思っている。

（一九五五年　四八歳）

老年期的思想の現代性

今になって思いかえすと、仮名《かな》文字で書かれた日本文とほとんど同時に、漢字・漢語・漢文が幼年期の私の頭の中に入ってきたらしい。しかも、その記憶の残り具合から見ると、相当量の蓄積《ちくせき》が早い時期、おそらく十歳前後までになされたようである。こういうことは、私くらいの年輩の日本人としては、やや異常であろう。明治以前の武士、明治期の士族、あるいは医者、儒者《じゅしゃ》の子弟の場合には、むしろそれが普通だったろうが、明治の末期から大正以後の子供の中では、私たち兄弟は珍しい経験をしたのではなかろうか。その点をまず具体的に説明しよう。

私は小学校就学前、五歳頃から中国古典の素読《そどく》を始めていた。先生は祖父であった。素読とは先生の読み下して行く文章をそのまままくり返すという仕方での朗読法である。最初の何年間かはほとんど意味がわからなかった。素読は中学の初年級の頃まで続いたかと思う。その八、九年ほどの間に、四書《ししょ》[1]——『大学』『論語』『孟子《もうし》』、それから『中庸《ちゅうよう》』の代りに『孝経《こうきょう》』[2]——から始めて、ずいぶんいろいろ習ったが、やはり初めの頃に習ったものが、特に記憶が鮮《あざや》かである。テキストは『朱子集註《しゅししっちゅう》』[3]という大きな字の和とじの本で、『大学』であると「大学朱熹《しゅき》章句、子程子《していし》の曰《いわ》く、大学の道は明徳を明らかにするにあり……」など、わけわからず読まされていたのがあとあとまで不思議と頭に残っている。そのあとは『史記列伝』[4]だったかと思う。その最初が「伯夷《はくい》列伝」で、周の武王が殷《いん》の紂王《ちゅうおう》を討《う》ちに行こうと出陣する。そこへ伯夷・叔《しゅく》斉《せい》兄弟が現れ、馬のくつわを取って引止め、思いとどまらせようとしたが果さず、周の天下になったので、伯夷と叔斉は首陽山《しゅようざん》にこもって餓死《がし》した。その前につくった詩の一節に「暴をもって暴に易《か》う。その非を知らず」などとあったのを、今でも覚えている。その頃になると多少は意味がわかって、だんだん面白くなってきた。次に『十八史略』[5]『元明史略』[6]『春秋左氏伝』[7]さらに『資治通鑑《しじつがん》』[8]と続いたようだが、この辺になると記憶がうすれている。そのほか『文章《ぶんしょう》軌範《きはん》』[9]『唐宋八家文』[10]なども習った。その中の名文が比較的多く頭に残っていて、後年日本文を作るときに、自分では気づかなかったが、大いに参考になったようだ。

早い時代に獲得した記憶は、ずっと後になるとまたよみがえる。そういうものが私のあり方にどれだけ影響を及ぼしているか、判定はむつかしいが、青年期の私が判断していたよりは、もっと重要な影響だったらしいと、近頃は思うようになっている。

私の父は、「子供というものは子供らしいのがいいのではない。早く大人らしくなりなさい」という意味の言葉を、折りにふれて私たちに語った。普通の親の言い方とは大分違っていた。こういうことも私に相当な影響を与えたらしい。幼年・少年時代には前述したように漢籍《かんせき》を習ったが、もちろん、その間に子供向きの本や雑誌もたくさん読んだ。小学校の上級の頃になると、西洋の童話、たとえば『グリムお伽話《とぎ》』とか、鈴木三重吉《みえきち》の『赤い鳥』に憧《あこが》れたり、大いにセンチメンタルになったりもしたが、その間に、むしろ大人向きの本の方をより多く、手あたり次第に読んだのが、それ以後の私に大きな影響を与えているように思われる。このことは、いま述べた父の言葉とも関係があり、そのまた根底には古代中国の文化・思想の性格という問題があるようだ。ごく荒っぽくいって、中国の古典は、大人のための教え、大人の知恵という性格が強い。青年期的思想であるよりは壮年《そうねん》期的であり、さらに壮年期的であるよりは老年期的である。つまり古代において、すでに円熟・老成した思想、文化に落ちついていた、という感じを私は持ちつづけてきた。私が英語を習い、また翻訳小説を面白いと思い、西洋の文学や思想を受入れるようになったのは、中学時代からであった。文学について考えてみると、『史記』は歴史書ではあるが、文学書としてもすぐれていた。そういうものを身近に感じていたためかも知れないが、小学校時代に有朋堂《ゆうほうどう》文庫[11]に接して、まず飛びついたのは稗史《はいし》小説[12]であった。江戸時代に訳された『水滸伝《すいこでん》』『三国志』『西遊記』などを、ふり仮名を頼りによみふけった。『水滸伝』中の百八人の豪傑《ごうけつ》の名など、今でも大部分は覚えている。そして、こういうのが小説というものだと子供心にきめこんでいた。その後になって馬琴《ばきん》の『八犬伝』[13]などを読んでも、自然と『水滸伝』と比較して、はるかに劣《おと》っているのが目について、どうにもならなかった。

しかし、そういう稗史小説の日本訳——それも江戸時代の訳——を通じて中国の文学に接したということの中には、いろいろな問題が含まれている。まず第一に漢文調の日本訳がどれだけ原文に忠実であったかが問題であるし、さらに日本の画家によるさし絵の影響もばかにならない。葛飾北斎のさし絵など、おそらく中国の原著にはないムードを生みだしたに違いない。

それにひきつけられて読んだということもあり、結局、私が子供の時に中国文化を受入れた仕方は、江戸時代の日本人が中国の儒学・漢学・文学を受入れた結果を、そのまま受入れるという、二段の過程を経ているのではないか。そうすると、中国の人が中国の古典や古い文学書を読むのとは、受けとめ方も非常に違うのではないかとも想像される。

それからもう一つ、子供の頃に習字を習わされたということがある。山本竟山《きょうざん》(14)という先生であった。基準になる手本は楷書《かいしょ》が唐の欧陽詢《おうようじゅん》の「九成宮醴泉銘《きゅうせいきゅうれいせんめい》」(15)、行書《ぎょうしょ》や草書《そうしょ》の手本は王羲《おうぎ》之《し》(16)であったと思う。そういう造形というルートを通って、中国の古典文化が私の中に入ってきたということもある。

私が子供の時に中国から学んだものは、「思想」という性格が弱かった。もちろん、儒教も思想に相違ないし、歴史書にも思想はある。しかし、古代思想の中で儒教は重要な一つにすぎない。諸子百家(17)といわれるさまざまな思想があったのである。ところが、祖父はそれらは教えなかった。多分、父が学ぶべきものを指定していたのに違いない。先に四書のうち『中庸』は省かれていたことを述べたが、『中庸』は哲学書といってよい抽象的思弁《しべん》の産物であって、実生活に関する規範、教訓はあまり目立たない書物である。そういうものは子供には役立たぬ、かえって子供を毒するおそれありと父は思ったのではないかと思う。

全体的に言えば、私が子供時代に得た中国に関する知識は、古代中国に関するものが主で、せいぜい時代が下っても、唐・宋の頃までで、元・明・清、それからもっと新しい時代については、ほとんど何も教えられなかった。大人になってから、ジンギスカン以後の中国についても多少知ったが、断片的、常識的知識の域を一歩も出ていない。

私の中にある中国はそういう意味できわめて偏《かたよ》った、現実ばなれしたものである。しかし、西欧人の古典的教養といわれるものも、ギリシャ・ローマについての知識で、やはり非常に古い時代の話である。近代のギリシャ、イタリアのことではない。だから、古典的、教養的という意味では似ているといえるわけである。

ところで誰でも中学生になると間もなく、何か疑いとか悩みを持つ時期がやってくる。その頃から私の関心は中国から離れて、西洋の思想や文学に向いはじめた。たとえば、トルストイの『人生論』、それから彼の小説、他のロシア作家の小説へと読み進み、西洋のものがだんだん面白くなっていった。漱石その他、日本の小説を読みだしたのもその頃である。しかし、それだけではなかった。中学時代に諸子百家の在ることを知り、その中でも『老子』(18)『荘子《そうじ》』(19)を知り、自分で読んで、よくわからぬながら非常に面白いと思った。それ以後、高校・大学時代、それからもっと後も、ときどき思い出しては読んだのである。

前にも述べたように、中国は文化が古くて、古典的古代というべき時代に生れた思想が、すでに青年期のものではなく、また壮年期のものでさえもなく、「老成した」というべき思想だ、という感じを私は昔から持っていた。中でも老子の思想が最も老成した思想といえるように思う。つまり、人間——いやもっと広く人類とでも言った方がよいだろう——の長い歴史の中で、さまざまの文明が、いろいろな地域に現れたり、また亡《ほろ》びたりして今日に至っているわけだが、老子は今から二千数百年前にすでに人類の文明の今日の状況、あるいはこれからの状況を見透していたかのように思われてならない。というよりむしろ、当時すでに、何か今日の人類が直面しているものと見かけは非常に違うが、似ている状況を見出していた、という方がよいかも知れない。だからこそ『老子』のような不思議な書物が書かれたのであろう。科学文明の未発達の時代の老子が、近代以後の科学文明に対する最も痛烈な否定的な考え方を打出しているのは、とにかく驚くべきことである。

これに似た考え方は荘子にも見られる。いずれにせよ、科学文明の進歩が必ず人類の幸福につながるとする十九世紀的な楽観論に対して、科学の進歩の行くすえは何であろうかという、最も基本的な疑惑を、今日のわれわれは抱くようになっている。そういう人間の作為のもたらす結果に対する疑惑が、古代中国にすでに現れていたのである。

私は、小・中学生の頃から世の行くすえを見透そうとしたわけではない。ただ世の中がわずらわしいという感じは、その頃からずっとあった。誰が悪いとか、何がいけないとかいうのではない。とにかく、多数の人間の中で生きること、多数の人間との交渉をもつことがわずらわしいという感じが、いつも私の心の中にあった。それは老子流に言うなら、「より多くの人々がより盛んにつきあいをしたり、より遠くの人々がおたがいに、より頻繁《ひんぱん》に往《ゆ》き来《き》するのは賢いことではない、国は小さく、人間の数は寡《すくな》い方がよい、隣の村から鶏の声や犬の声が聞えてきても、その村と往き来などしない方がよい」ということになるであろう。

ところが老子が生きていた頃の生活は、今日とは極端に違っていたに違いない。人家もまばらで人も少なかったであろう。老子や荘子が今の世界の中にやってきたら、何というだろう。マスコミ、交通・通信網の発達で、人間関係がひどく複雑になってるのを見て、目をまわすかも知れない。ことに戦後それがひどくなってきた。外国の学者との交渉もふえ、国際会議の回数も人数も急速にふえてきた。百人が三百人、三百人が五百人、五百人が千人というふうに会議は大きくなる一方である。わずらわしさが国際的規模になってきた。これはたまらぬ。いったん広がり、便利になったコミュニケーションの発達の向きをかえて、もとの静かな世の中に戻すのは至難である。そうとわかると、ますますわずらわしいという気持が強くなる。老荘思想には、このわずらわしい状況からのがれようという姿勢がはっきりしている。そこから仙人、隠者《いんじゃ》が生れ、さらにそこから水墨の山水画のような高度の芸術が生れた。山水画に好んで描かれるのは、奥深い山から水が流れ、隠者の住む家があり、隠者がひとり滝を眺《なが》めているといった題材である。

山水画は日本に入り、日本でも水墨画、南画が発展してきたが、特に日本であまり知られず、また十分高く評価されなかった中国の画家の絵に、非常にすぐれたものがあるようである。元末の四大家《したいか》(20)、清初の四王呉惲《しおうごうん》(21)のものなどがそうであろう。そこには他の文化圏にない、きわめて特徴的な老荘思想が背後に流れている。こういう種類の美術こそ、中国の古代からの文化の流れの中でも、最も誇るべきものの一つであろうと思う。日本の文化は中国文化の圧倒的な影響の下にあったが、老荘思想につながるものをあまり多く受容しなかったのはどうしてであろうか。私にとって、それはまだ解けぬ疑問である。

日本は中国を経由して仏教をとり入れ、それが日本の文化に広汎《こうはん》な影響を与えた。儒教も受入れた。特に江戸時代には朱子学(22)が普及した。それなら、なぜ、中国自体では非常に普及していた道教(23)が日本に入ってこなかったのだろうか。よく見れば、多少は入っていたことがわかるが、仏教や儒教とはくらべものにならない。これは面白い問題だと思う。

昔、弘法大師《こうぼうだいし》が『三教指帰《さんごうしいき》』(24)を書いて、儒教・仏教・道教の比較評論をした。そして、仏教の優位を力説している。二十歳をいくつも過ぎない青年空海が、道教を比較の対象として取上げているのは興味深い。彼より後の日本の知識層の間でも、『荘子』などはよく読まれていたようで、菅原道真も、『荘子』の「逍遥遊《しょうようゆう》」(25)を自分流の詩にしているが、いずれにしても道教はあまり拡《ひろ》がっていない。仏教や儒教と違って、開祖の老子・荘子以後、思想の発展がなく、かえって浅薄《せんぱく》になってきて、それが土俗的信仰に結びついた結果が道教だとすれば、日本人は直接、老荘の思想に接する機会が少なく、宗教としての道教だけに接したため、仏教の方がすぐれていると判断したのかも知れない。しかし弘法大師ほどのすぐれた思想家が、老荘思想の本質を知らなかったわけではあるまい。エネルギッシュな青年空海は、それを知ってもなお、その消極性にあきたりなかったのであろう。実際、彼は後に仏教の中でも最も積極的な密教を選びとることになったのである。

そういうことと別ではないが、もう一つ、日本人は今もなお若い民族なのではないか、ということが考えられる。精神年齢が高い低いというと、すぐそれがいいの悪いのという判断と結びつけられて具合が悪いが、そういう価値判断を抜きにして、私には思想や精神のあり方に、青年期的・壮年期的・老年期的という分類ができそうに思う。日本は相当古い国ではあるが、まだ青年期的な傾向が強いように思う。昔も今も、異国の事物に対する好奇心が恐ろしく強い点で、青少年的である。現代中国はおそらく若返っているのではないかと思うが、とにかく老子のような思想家が出てきた古代中国は、すでに老年期的であったといえるのではないか。先の先まで見透したような思想を生みだしたが故に、古代ギリシャのように、そこから科学文明をうみ出すことにならなかったのではないか。私はいったんは老荘の世界とは訣別《けつべつ》して物理の世界に入っていったわけだが、壮年期以後、ふたたび老荘思想が私の心の中にはっきりとよみがえってきた。

要するに私の中にさまざまな仕方で古い中国が入っているわけだが、それは私が科学者であるということとの間に矛盾を含みながら、かえって科学者の私に個性を与えるのに役立っているのではないかと思う。もちろん、私の中にあるのは中国だけでなく、日本の伝統的なものが非常にたくさん入っているし、西洋的なものも少なくない。それらのすべてが私の人生を豊かにしてくれている。そして、還暦を迎えた以後の私には、中国古代の老年期的思想がより身近に感じられてくるのである。しかも、それがまた、はなはだ現代性をもつ思想でもあるように思われるのである。

この世はだれにとっても万事都合よくできているわけではない。人間にとっても、他の生物のどれにとっても、世界は自分たちのためにできているとは到底いえない。こういう世界に生れてこようと思って生れてきたわけでもない。気がついたら、自分が自分だったわけである。この世を面白いと思っても思わなくても、どちらにせよ、いつまでも生きられるわけでもない。されればといって、死期がはっきり予告されるのは、よくよくの場合である。自分も他の人たちも、それらの点では同じことであろう。

しかし、そういう世の中に生れ合わせたのだからこそ、みんな互いに慰《なぐさ》めあい、助け合う。そこまでできなくても、せめてできるだけ人に迷惑をかけないようにしたい。ほかの生きものに対しても、なるべくひどいことはしないようにしたい。

こういう考え方が、私の心の中ですっかり定着するようになってきた。これが私なりの老年期的思想というものかも知れぬ。

（一九六八年 六一歳）

知魚楽

色紙に何か書けとか、額《がく》にする字を書けとか頼んでくる人が、あとを絶たない。色紙なら自作の和歌でもすむが、額の場合には文句に困る。このごろ時々「知魚楽」と書いてわたす。すると必ず、どういう意味かと聞かれる。これは「荘子」の第十七篇「秋水」の最後の一節からとった文句である。原文の正確な訳は私にはできないが、おおよそ次のような意味だろうと思う。

ある時、荘子が恵子《けいし》と一しょに川のほとりを散歩していた。恵子はものしりで、議論が好きな人だった。二人が橋の上に来かかった時に、荘子が言った。

「魚が水面にでて、ゆうゆうとおよいでいる。あれが魚の楽みというものだ。」

すると恵子は、たちまち反論した。「君は魚じゃない。魚の楽みがわかるはずがないじゃないか。」

　荘子が言うには、

「君は僕じゃない。僕に魚の楽みがわからないということが、どうしてわかるのか。」

　恵子はここぞと言った。

「僕は君でない。だから、もちろん君のことはわからない。君は魚でない。だから君には魚の楽みがわからない。どうだ、僕の論法は完全無欠だろう。」

　そこで荘子は答えた。

「ひとつ、議論の根元にたちもどって見ようじゃないか。君が僕に『君にどうして魚の楽みがわかるか』ときいた時には、すでに君は僕に魚の楽みがわかるかどうかを知っていた。僕は橋の上で魚の楽みがわかったのだ。」

　この話は禅問答に似ているが、実は大分ちがっている。禅はいつも科学のとどかぬところへ話をもってゆくが、荘子と恵子の問答は、科学の合理性と実証性に、かかわりをもっているという見方もできる。恵子の論法の方が荘子よりはるかに理路整然としているように見える。また魚の楽みというような、はっきり定義もできず、実証も不可能なものを認めないという方が、科学の伝統的な立場に近いように思われる。しかし、私自身は科学者の一人であるにもかかわらず、荘子の言わんとするところの方に、より強く同感したくなるのである。

大ざっぱにいって、科学者のものの考え方は、次の両極端の間のどこかにある。一方の極端は「実証されていない物事は一切、信じない。」という考え方であり、他の極端は「存在しないことが実証されていないもの、起り得ないことが証明されていないことは、どれも排除しない。」という考え方である。

もしも科学者の全部が、この両極端のどちらかを固執《こしつ》していたとするならば、今日の科学はあり得なかったであろう。デモクリトス(1)の昔はおろか、十九世紀になっても、原子の存在の直接的証明はなかった。それにもかかわらず原子から出発した科学者たちの方が、原子抜きで自然現象を理解しようとした科学者たちより、はるかに深くかつ広い自然認識に到着し得たのである。「実証されていない物事は一切、信じない」という考え方が窮屈《きゅうくつ》すぎることは、科学の歴史に照らせば、明々白々なのである。

されればといって、実証的あるいは論理的に完全に否定し得ない事物は、どれも排除しないという立場が、あまりにも寛容《かんよう》すぎることも明らかである。科学者は思考や実験の過程において、きびしい選択をしなければならない。いいかえれば、意識的・無意識的に、あらゆる可能性の中の大多数を排除するか、あるいは少なくとも一時、忘れなければならない。

実際、科学者の誰ひとりとして、どちらかの極端の考え方を固守しているわけではない。問題はむしろ、両極端のどちらに近い態度をとるかにある。

今日の物理学者にとって最もわからないのは、素粒子なるものの正体である。とにかく、それが原子よりも、はるかに微小なものであることは確かだが、細かく見れば、やはり、それ自身としての構造がありそうに思われる。しかし実験によって、そういう細かいところを直接、見わけるのは不可能に近い。ひとつの素粒子をよく見ようとすれば、他の素粒子を、うんとそばまで近づけた時に、どういう反応を示すかを調べなければならない。ところが、実験的につかめるのは、反応の現場ではなく、ふたつの素粒子が近づく前と後とだけである。こういう事情のもとでは、物理学者の考え方は、上述の両極端のどちらかに偏りやすい。ある人たちは、ふたつの素粒子が遠くはなれている状態だけを問題にすべきだという考え方、あるいは個々の素粒子の細かい構造など考えて見たって仕様《しよう》がないという態度を取る。私などは、これとは反対に、素粒子の構造は何等かの仕方で合理的に把握できるだろうと信じて、ああでもない、こうでもないと思い悩んでいる。荘子が魚の楽みを知ったようには簡単にいかないが、いつかは素粒子の心を知ったといえる日がくるだろうと思っている。しかし、そのためには、今までの常識の枠を破った奇妙な考え方をしなければならないかも知れない。そういう可能性を、あらかじめ排除するわけにはいかないのである。

去る昭和四十年の九月に京都で、中間子論三十周年を記念して、素粒子に関する国際会議を開いた。出席者が三十人ほどの小さな会合であった。会期中の晩餐会《ばんさんかい》の席上で、上記の荘子と恵子の問答を英訳して、外国からきた物理学者たちに披露《ひろう》した。皆たいへん興味を持ったようである。それぞれが、自分は荘子と恵子のどちらに近いか考えているのではないか。私はそんな空想を楽んでいたのである。

（一九六六年　五九歳）

短歌に求めるもの

短歌は私のささやかな趣味の一つである。私は「余技」とはいわない。なぜかといえば余技となると、多少は人に見せる腕前を持っているという自信がなければならないからである。私は年が年中忙しさに追われている人間である。何よりも短い時間に何の道具立てもなしに、そして一人で楽しめる趣味というと、そういろいろはない。ところがわが国には、幸い古くから短歌と俳句とがある。中でも俳句の方が一層《いっそう》短いから、よりよく私の要求に適合しているように思われた。しかし俳句には「季」という難物がある。始終研究室に引籠《ひきこも》っていて、自然の移り変りに細かい注意を払う機会の少ない私などが作る俳句は、季節感の乏しいものになりがちである。無理に季語を挿入する結果となりやすい。短歌となると自然的環境からの制約を顧慮《こりょ》する必要がない。そのときどきの自分の気持、あるいは平生抱懐《へいぜいほうかい》している考えを、何ほどかの感慨をもって、できるだけ詠嘆《えいたん》的に三十一文字で表現すればそれでよいのである。

他の人から見てどんなに抽象的だ、どんなに平板《へいばん》だと思われようが、私自身は一応満足できるのである。自然科学者の中には自然的環境とより密接なつながりを持った俳句の方が、よりぴったりするといわれる人も多いであろう。しかし私自身の場合には、探求の対象は感覚的世界からずっと遠くにある。したがって『新古今』などを理論づけ、能楽などで象徴される幽玄《ゆうげん》というようなものに、最も多く同感されるのである。しかし表現の方法としては、『古今集』以後の屈折《くっせつ》の多いものより、『万葉集』ないし『伊勢物語』的な単純な詠嘆の方に傾きやすい。短歌を専門とする方々には近代化ということが極めて重大な問題であろうが、私のような素人にはそこまでむつかしく考える必要はない。

殊に自分の専門は近代的な物理学の中で最も尖端《せんたん》的な領域であり、読んだり見たりするものとしては小説もあり、詩もあり、映画もあり、いわゆる近代的なものには事かかない。むしろその反対に短歌――というよりも「和歌」といった方がぴったりする――が、その古めかしさの故に、頭脳の疲れを休める安息所となり得るのではないかと思っている。いわゆる批評的精神をときどき眠らせるのが、私にとっては精神の健康法の一つである。短歌に求めるものという題意にはそわなかったかも知れないが、ちょっと思いついたままを走り書きして、御参考に供する次第である。

（一九四七年 四〇歳）

心をとめて見きけば

よろづのこと草を見るに、浅きにふかき事あり、ふかきと思ふに浅き事あり。いづれも心をとめて見きけば、おもしろき事のみなり。

と、大蔵虎明《おおくらとらあきら》(1)の「わらんべ草」のはじめに書かれている。狂言を見ていると、時々この言葉が念頭に浮んでくる。狂言の筋は簡単であり、せりふも現代語とそんなに違わないから、だれにもよくわかる。そのために、かえって狂言には深味がないと片づけてしまう人がないとも限らない。しかし浅いとか深いとか感じるのは、その人の心次第である。土をほる鍬《くわ》の先にあたった瓦《かわら》の破片一つでも、考古学に関心をもつ人にとっては、深い意味があるかも知れない。

しかし、また何事にも深い意味を見出そうとする人は、逆のあやまちをおかす危険がある。

「わらんべ草」にも「深きに浅き事あり」の例として、「つれづれ草」の一段を引用している。それは、ある上人《しようにん》が丹波の出雲神社に参詣《さんけい》した時、こまいぬが、うしろむきに置かれているのに気づいて、きっと何かいわれがあろうと思い、神主さんをよんで聞いてみると、「子供のいたずらです」といいながら置き直したので、「上人の感涙《かんるい》いたづらになりにけり」という話である。

そういう、いろいろな場合があるにせよ、どんなことでも、「心をとめて見きけば」おもしろいことばかりだ、という江戸初期の狂言師の感想に、私は心から賛成したい。若い時から今日まで、私は物理学の研究一筋に生きてきた。しかし、だからといって、物理学以外に関心をもたなかったわけではない。それどころか、五十歳を越した頃から、私の興味の範囲はひろがる一方であった。このごろは、おもしろいと思うことが多くなりすぎて困っているくらいである。狂言を見ていても、狂言以外のいろいろなことに思いあたって興はつきない。まあ、しかし理屈は抜きにして、狂言師の心からの笑いに、こちらも釣りこまれて大笑いするのが、狂言を見る最大の楽しみであることは、もちろんである。

（一九六八年 六一歳）

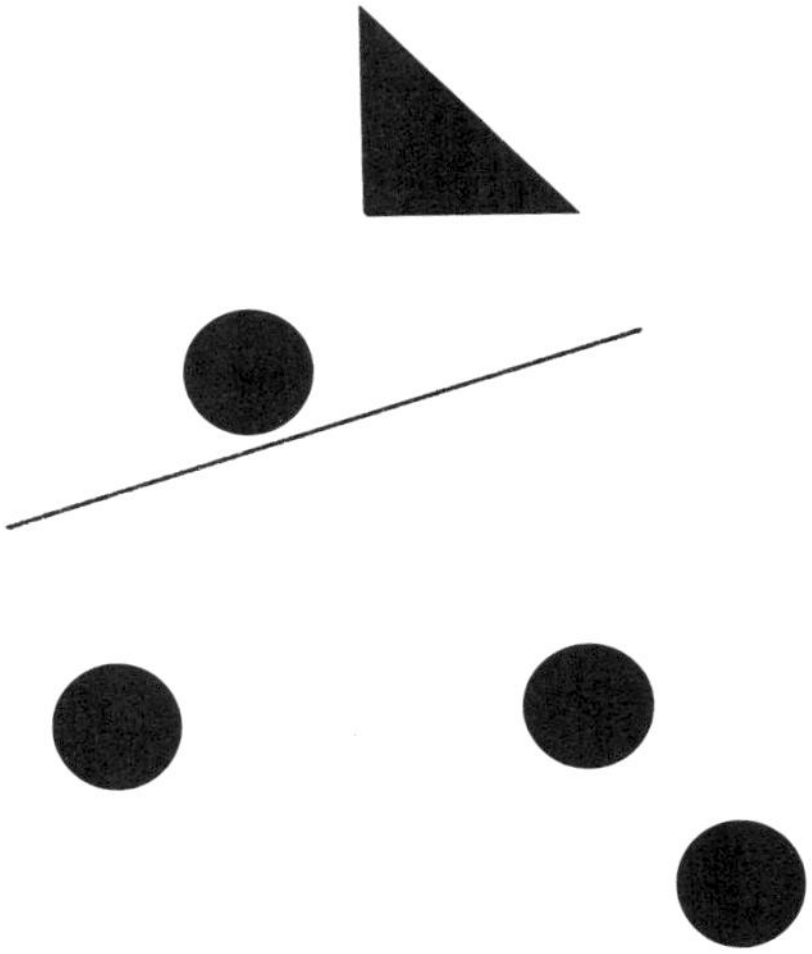

四国の秋

昭和十三年の秋、初めて四国へ行った。この度も、私に北海道行きに劣らぬ強い印象を与えた。そのころ、私は大阪大学の助教授で、物理学者の仲間には多少知られていたが、三十を越したばかりの世間的には全く無名の学徒であった。徳島の中学校長が阪大理学部を訪れて、だれかに講演に来てほしいという話があった時にも、私におハチが回ってこようとは思いもかけなかった。大学の講義か専門学会での講演のほかには、全く未経験であった。それがどういう風の吹きまわしか、私が行かねばならぬ形勢になって来た。今から考えて見ると不思議な事である。ところがちょうどその前後に阪大に出入りしていた新聞記者の中の一人は、私の研究をニュースにしようと非常に熱心であった。確か同盟通信(1)の記者ではなかったかと思う。私のような世間離れした研究をしている者の話が新聞種《だね》になるはずはないと思っていたが、この記者が余り熱心に度々《たびたび》来るので、とうとうこちらも相手に納得のゆくまで説明せねばならなくなった。間もなく彼の書いた記事が数多くの新聞に一せいに掲載された。世間一般の人々が私の名前を知ったのは、多分この時がはじめてであったと思う。徳島の校長が明日も一度打合せにくるといって帰っていった日の夕刊にこの記事が出たのも、全くの偶然の一致であった。校長もはじめは恐らく若輩の私を徳島までよぶことに多少の不安を感じていたらしいが、翌日会った時には一層の熱意をもって勧誘した。私もまだ見ぬ四国に何となく魅力を感じていたので、それ以上ちゅうちょすることなく講演を引き受けた。

このようないきさつがあったことが四国行きを後々まで忘れられぬ思い出たらしめたのである。この旅行のもう一つの特徴は一家総出で出かけたことである。徳島行きを私が引受けてから間もなく服部報公賞《はっとりほうこうしよう》(2)を授《さず》けられることになった。これはまったく仁科芳雄《にしなよしお》(3)先生の熱心な推挙によるものであったが、私に与えられたこの種の賞の中では最初のものであったので、私自身はもちろん、一家をあげての喜びは大変であった。そういう際であったので、家族全部が一緒に小旅行をすることによって、それまでずっと引続いてきた私の研究生活に一息入れると共に、家族にもしばしの幸をわかちたいと思ったのである。幸い子供は二人ともまだ甲南幼稚園の時代であり、妻も母も元気なので、妻を入れて家族五人が全部一緒に出かけられることになった。

大阪の天保山《てんぽうざん》(4)から四国通いの船に乗込んだのは十一月初めのある晩であったと記憶している。船室の窓からのぞいて見ると、月の光に照らされた瀬戸内海は鏡のように静かで、幾つもの島々が来ては去ってゆく。子供たちはやがて毛布にくるまって寝入ってしまったが、私たちは窓外《そうがい》をあかずながめながら、幸福感に満されていた。朝まだきに船は高松桟橋《さんばし》に着いた。薄暗の中を高松の宿からの迎えの提灯《ちょうちん》に案内されて、桟橋を歩いていった時の印象がまだはっきり残っている。

朝食を終ると私は徳島へ、あとに残った四人は屋島(5)を見物することになった。徳島で印象に残っているのは、天狗の面が表に出ている「天狗久《てんぐひさ》」(6)という通称の人形師天狗屋久吉《ひさきち》氏の店を訪れたことである。校長が懇意《こんい》だというので店に上りこんで文楽で見る忠信(7)や、お染(8)など動く人形が幾つも幾つも並んでいるのを飽《あ》かずながめた。何か一つ作ってもらいたいと思った。自分も学者だから菅丞相《かんしょうじょう》がよかろうと思った。当時久吉さんは既に八十以上の老齢であったが、なかなか元気であった。しかし何年かたって息子さんが出来上った人形を届けてくれたときは、久吉さんは既にこの世の人でなかった。私の家の二階の床の間に置かれた菅丞相のやや目のつり上がった、しかし品格の高い顔を見る度に、四国の旅の様々な思い出がよみがえってくる。

（一九五三年 四六歳）

アテネの集い

もう一年も前のことになるが、ある日、突然、駐日ギリシャ大使リアティス氏の訪問を受けた。

「パウロ国王(1)の主唱で王立国民財団が、世界の諸地域から代表的な学者数人をアテネに招待し、毎夕ひとりずつ講演してもらうことになった。ついては、あなたも講演者のひとりになってくれないか」というのが用件であった。私にとってギリシャは長年のあこがれの対象であったが、私の夢はなかなか実現しなかった。その機会が思いがけない形で訪れたのである。近ごろは外国旅行が、だんだんと面倒くさくなり、たいていの場合、ことわるのに一生懸命になるのであるが、ギリシャと聞いて私は胸を躍《おど》らせた。

私の専攻する物理学のような基礎科学の発祥の地であるギリシャ、二千数百年前に数多くの天才を生みだしたギリシャ、その中心であったアテネ――それは私にとって一生に一度は訪問しなければならない土地であった。

私が招待をお受けするといったので、ギリシャ大使はよろこんで帰っていった。それから数カ月たってパウロ国王の逝去《せいきょ》が報ぜられた。アテネの集いもおじゃんになったのではなかろうかと、あきらめかけていたら、新しいコンスタンチノス国王(2)が前国王の遺志をついで、予定どおり講演会を開く、おまけに家内ともどもエーゲ海の島めぐりにまで招待するという知らせがきた。昭和三十九年の五月の末近く、私たちは前途への楽しい期待を心に抱いて、アテネへと旅立ったのであった。

一片の雲もなく青い空、それよりも一層青い海、京都の東山のようになだらかな丘陵――しかし緑の木立におおわれた山ではなく、ところどころに低い木が植えられているだけで、白い岩肌の見える丘陵――それらに前後上下から囲まれて、横に遠くまでひろがるアテネの町――白い大理石の建物、白ペンキで塗られた家々――はじめて見るアテネは予想以上に美しかった。予想以上に大きな都会でもあった。この美しい景観の中心に立つアクロポリス(3)の姿が、アテネの町に近づくにつれて、くっきりと浮かびあがってくる。やっぱり、ギリシャに来てよかったと思った。

あくる五月三十一日の日没前に、講演者とその夫人たちはアクロポリスの丘にのぼった。アテネの町が眼下に広がっている。大理石の柱の並びたつパルテノン(4)の中にはいって、暮れかけても、まだ明るい青空の下に、東に向かって私たちは並んだ。黒い髯《ひげ》を長くたらし黒衣をまとったギリシャ正教の主教の姿が、印象的であった。やがて東の方から若い国王が王位継承者である妹さんの王太子といっしょにパルテノンにはいってこられ、私たちの真向かいに、西に向かって立たれた。主教の祈りのことばの後に、国王は開会式のあいさつをされた。日はようやく沈もうとしていた。一同は国王とともに、西の入口の外に立って、遠山にかくれようとする太陽をながめた。古代ギリシャの天才たちが自然の奥にひそむ真理を把握し、たぐいまれな美しい芸術品を創造したのも、この同じ自然的環境の中であったのだ。プラトンは「知識の獲得は、思い出す過程だ」といった。彼は輪廻《りんね》転生《てんせい》を信じていた。人間がこの世に生まれる前の経験を思い出すのだと想像した。私のような現代の科学者にとっては、それは古代の天才を思い出すことであってもよいであろう。私の思い出すのはまずピタゴラス(5)やデモクリトスなどの自然哲学者たちである。しかし、そのほかに中国古代の哲人たちもまた私の脳裡《のうり》に浮かぶ。荘子のことばに「天地の美に原《もと》づいて万物の理に達す」というのがある。

つぎの日から講演会がはじまった。アクロポリスのすぐ近くのフニックスの丘の上の平らなところに椅子が並べられ、マイクとスピーカーが用意されている。雨が降ったり、ほこりが立ったりする心配のないアテネなればこそ、こういう講演場が成立するのである。数百の椅子席は招待された聴衆の全部を収容しきれない。後ろや横の岩に腰かける人も出てくる。夕日が沈みかけたころ、国王と王太子が丘に上ってきて一番前の特別席に座られる。講演会はこのようにして一週間つづいた。第一日の講演者はイギリスの有名な神経生理学者エードリアン卿《きょう》(6)である。フニックスの丘は古代アテネの市民の集会の行なわれた場所として知られている。アクロポリスが目の前に見える。この丘で講演するのは講演者のだれにとっても、はじめての経験であろう。空は晴れ、風もないので、講演者のことばがはっきりと耳にはいってくる。第二日はアメリカの古典学者でギリシャ文化に造詣《ぞうけい》の深いハーバード大学のフィンレー(7)教授、第三日は二十世紀の理論物理学を代表する学者の一人であるドイツのハイゼンベルク[8]教授、第四日はスエーデンの有名な生化学者ティセリウス[9]教授であった。

第五日に私の番がまわってきた。私はこの講演で創造的思考の本質を、直観と抽象の協力という観点から解明しようと試みた。この日は風が強く、講演の始まる前に、たて長のスピーカーが倒れたりした。私は講演しながら、デスクの上の原稿が飛ばないように気を使っていた。しかし、途中で話に身がはいった時、一枚の原稿が風に吹かれて勢いよく聴衆の方へ飛んでいった。前列に座っていたフィンレー氏が手早くそれを拾ってくれた。幸い、それは読んだあとの原稿であったが、私はこれ以上原稿が飛ばないよう一生懸命に手で押えながら話をつづけねばならなかった。

最後の第六日は地元のアテネ大学の哲学の教授テオドロコポーロス[10]氏であった。この人だけがギリシャ語で話した。それまでの講演は全部英語で、あらかじめギリシャ語訳が聴衆にくばられていた。テオドロコポーロス氏の場合には私たちに英訳が配布された。それを読んでいるうちに気になってきたのは、ギリシャを東南端とするヨーロッパと、そこから東へ南へひろがるアジア——エジプトをもふくめたアジア——とを、全く異質的なものとして区別する、彼の考え方であった。

翌日からデルフォイのアポロの神殿址《あと》を訪れて青銅の御者像《ぎょしゃ》に感嘆したり、エーゲ海の島々の——中でもクレタ島の、より古い文化の——遺跡を見たりしている間じゅうも、心のどこかにそれが引っかかっていた。

京都へ帰って数日後の日曜日、北山杉《きたやますぎ》の美しい木立を見にいった。そこにはギリシャと共通する簡潔な直線美が見出された。そのあと高山寺《こうさんじ》の石水院《せきすいいん》(11)によった。前に来た時には見あたらなかった二頭の鹿の木彫が陳列されていた。ギリシャ彫刻を思い出させる、すばらしい傑作である。住持の坊さんがやってきて運慶《うんけい》の作だと伝えられていると教えてくれた。美意識の普遍性を私は改めて痛感したのであった。

(一九六四年 五七歳)

イタリアの夏

今度日本へ帰ってくるまでに、ぜひもう一度イタリアに立ちよりたいと思っていた。折よく六月末から数日間、ドイツの南端のリンダウ(1)で開かれるノーベル受賞者講演会での講演を依頼されたので、それに出席したついでにイタリアを通って日本へ帰ることにした。思いおこせば昭和十四年、初めて外国へ出かけた時、ナポリに上陸しローマを過ぎてベルリンに向ったのも夏であった。それから間もなく今度の戦争が起って、私の目ざしていたソルベー国際会議(2)も延期になってしまった。それから十四年、誇張《こちょう》していえば、人間世界の姿はすっかり変ってしまったはずだが、ふたたび見るローマは依然として壮大であった。しかしそれにもまして、私の夢を現実にしてくれたのは初めて見るヴェニスであった。チューリッヒから直通列車がヴェニスの駅に着いた時、そこに待っていたのはゴンドラであった。手荷物を積みこんで自分達も船中の人となった瞬間から、長い間の期待が現実となった。大運河をしばし進むと、やがて狭い水路へ折れ曲った。

ゴンドラの行くては狭き橋と家夢に見しより美しき夢
橋の上にたたずむ人も夢のうち橋より見ればわれも絵のうち
たそがれの狭き運河を幾曲り楽の音《ね》もるる窓も過ぎつつ
水淀《よど》み家居は古しゴンドラは青苔生《あおごけお》ふる岸につなぎて

ゆきゆきてゴンドラの止ったところがホテルの入口であった。その晩もあくる日もただあてもなく石畳《いしだたみ》の路《みち》を歩きまわった。立止っては狭い路の両側の店の飾《かざ》り棚《だな》をのぞいた。路は曲りくねってどこへ行くのかわからなかった。夕方になってもまだ暑いので、街の人や観光客がぞろぞろと出歩いていた。歩く人ばかりで、乗物は自転車さえなかった。少し歩くと直ぐ運河にでる。何度も太鼓橋を渡る。

路細く曲りくねりて迷路めくヴェニスの街を行き戻りする
リヤルトの橋(3)に上りて土産《みやげ》物売る店を見つまた運河見つ
あてもなくヴェニスの街をさまよへばまたサン・マルコに出でにけるかな
サン・マルコ広場につどふ人と鳩《はと》しばしの幸《さち》はここにとどまる

二日間、何思うこともなく同じ所を歩きまわった後、フロレンス(4)行の汽車に乗った。人間の生涯に何思うこともないというひと時は、そう度々訪れるものではなさそうである。殊《こと》に私のように年がら年じゅう取越苦労ばかりしている人間には、そういうひと時は容易に訪れてこない。ただ何となく楽しい落着いた気分、これが私の人生には稀少《きしよう》価値を持っているように思われる。フロレンスにも二日いたが、サンタ・クローチェというダンテやガリレオやミケランジエロの墓碑《ぼひ》のならんでいるお寺の中庭に立った時、またそういう気分になった。そして数年前ウェストミンスター・アベイ(5)の中庭にたたずんで、遥かにコーラスの声を聞いた時のことを思い出した。

古びたる僧院の庭に立つ毎《ごと》にしばしの幸はわれを訪《おとな》ふ

日本でも古い寺に行けば同じ気持になる。桂離宮《かつらりきゅう》には度々行く機会があるが、その度毎に何となく明るく楽しい、しかし落着いた気分になる。ある建造物や庭園の歴史的、芸術的価値はさることながら、それが万人の共有物としてそこを訪れる多くの人々に楽しい落着いた気分を与えることが、私にとっては何より貴重なことのように思われる。

（一九五三年 四六歳）

不思議な町

いつのまにか見知らぬ町にきている。そういう夢を若い時には、よく見た。その後、国内国外のいろいろなところを訪れたが、いつも多少の予備知識に基づく予想があった。それと全く違った世界の中に入ったという感じがすることは滅多になかった。そういう経験が積みかさねられてゆくのに伴って、少なくともこの狭い日本で、若い時の夢に見たような不思議な町にめぐりあうことは、もはやないであろうと、あきらめかけていた。

去年の秋、九州大学で講義することになったついでに、柳川《やながわ》(1)へも寄る予定をきめた時にも、予想に反するだろうという予想をしていたわけではなかった。いつか見た水郷柳川の写真集と北原白秋の「水の構図(2)」の文章のかすかな記憶を手がかりに形づくられていたイメージと、多く異なるところがなくても、それで満足すべきだと思っていたのである。

福岡市を昼すぎに出た車が柳川に着いたのは午後三時ごろであったろうか。掘割《ほりわり》の上に朱塗《しゆぬり》の橋と白っぽいコンクリートの橋が並んでかかっていた。橋を渡るとそこに船が待っていた。橋のたもとの古びた三階建の入口には、白秋の詩に出てくる懐月楼《かいげつろう》(3)であると記されていた。しかし、このあたり一帯の光景は、秋のひるさがりの日ざしの中でしらじらとしていた。九大の旧知の人たち数人といっしょに底の平らな小舟に乗りこんだ時には、私は前途に多くの期待をもたなくなっていた。

船頭は棹《さお》をさしながら、意外にも、この舟はガラス繊維《せんい》でできているという。舟が両岸の柳の影の中を少し進んでゆくと、あたりは急に静かになっていた。みどり色によどんだ水に接して両側に並んでいる家々からは、物音ひとつしない。人のいる気配さえない。掘割は幾曲りしながら、どこまでも続く。坐っている私たちの頭上すれすれに、橋の下を何度もくぐり抜ける。名も知らぬいろいろの水草をかきわけて舟はゆく。ところどころに薄紫の花が浮んでいる。

橋ぎはの醬油並倉《しようゆなみくら》に西日さし水路は埋むウオーター・ヒヤシンスの花

という白秋の歌そのままの光景である。

二十年ほど前、ヴェニスの運河をゴンドラで幾曲りした時には、水に接した家の一つから音楽が聞えてきた。橋の上を通る人、上から見下す人の姿が眼前を去来した。それともことかわって、ここは完全に静寂《せいじゃく》が支配している。ここに生れ育った白秋の鋭く、豊かで多様な感覚の世界とは、まさに対蹠《たいせき》的である。

こんな思いにふけっている間に、舟は殿の倉の白壁を右に見て狭い掘割の方へと曲ろうとする。その入口となっている低い橋の下をくぐり抜けると、あたりの様子は一変する。両側の路を人や自転車が往来《ゆきき》している。舟からあがった一瞬、現実世界に戻ったと感じた。しかし、そうではなかったことが、すぐにわかった。ここは沖《おき》の端《はた》というところである。すぐそこまで有明海《ありあけかい》が入りこんでいる。それだのに磯の香はしてこない。路ばたで魚を売っている。みやげものを売る店もある。人の営《いとな》みがそこに見られる。しかし、不思議なことに、それらすべてと私との間には何のつながりもない。さっきの静寂は夢ではなかった。今こそ夢の中の見知らぬ町に入ったのである。

少し歩くと、なまこ塀《べい》の白秋の生家(4)である。朱塗の角樽《つのだる》が三つ並んでいる。その傍《そば》のガラスコップにさしたからたちの小枝は大きな実を一つつけている。古い柱時計の振子が動いている。私の少年の日の時間を刻んでいる。ここには別の空間があり、別の時間がある。家を出て帰去来《ききょらい》の詩碑のあたりまで歩いてゆくにつれて、別の世界の中にいるという感じは、ますます深まってゆく。どういうわけであろうか。『邪宗門《じゃしゅうもん》』(5)や『思ひ出』(6)に対する異国的というような形容詞も、この感じの適切な表現ではない。化石した町などという言葉もあたらない。町が化石したのではない。こちらが魔法にかかっているのである。長い時間うろうろしていたら、魔法がとけて、この感じはなくなってしまうかも知れない。それは惜しい。そう思って私は足早に、もときた路を戻って旧藩主立花氏の別邸まで行った。そこの古い庭園でさえも現実世界に近すぎた。あたりは暗くなっていた。西鉄の柳川駅で福岡ゆきの電車を待っていた。人影はまばらであった。それは幻のようであった。さっきの感じが、またよみがえってきたのである。

この感じを私は京都までだいじに持ちかえった。急いで白秋の詩や歌や文章を読んだ。前よりずっとよくわかった。白秋は天才だという感じを深くした。しかし、その中から私が沖の端で抱いた奇妙な感じはついに出てこなかった。

（一九七五年 六八歳）

無題

景色のよいところがあった。みんなが見すごしていた。気がついても人に知らさなかった。ある人がそれを歌によんだ。それで有名になり、歌枕などということになった。しかし、それは年月のかかる、ゆっくりしたプロセスであった。現代はもっとせわしい。新聞か雑誌に誰かが、人里はなれた静けさの中の美しい風景を見つけて書くと、たちまち多くの人がそこを訪れるようになり、静けさが失われてしまう。

これは風景だけの話ではない。あまり人目につかぬ、のんびりとした雑誌があった。たまたまマスコミで、それがほめたたえられたら、にわかに発行部数がふえだした。一旦ふえだすと、さらに部数をふやすために、あるいは少なくともへらさないために、頁数も、記事のバラィエティーも増大させるようになった。同類の雑誌がいくつも出現した。当初ののんびりした感じも珍しさもうすれていった。

こういう話は、どういう方面にもある。いやになるほどある。これが現代社会というものであろう。だからといって、しかし、折角よいことを始めた以上、何とかそれが波にさらわれてしまわないための、絶えざる努力を怠《おこた》ってはならないだろう。人に知られるのを喜んでばかりはおられない。過ぎたるはなお及ばざるがごとしである。

（一九七一年 六四歳）

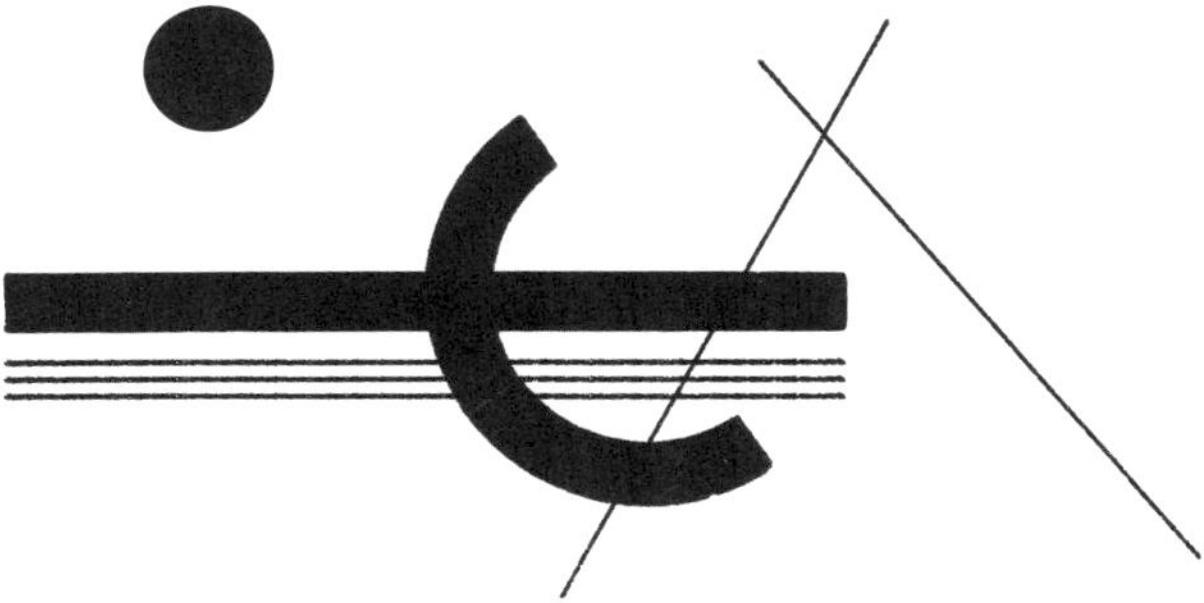

ふるさと

私のふるさとはどこであろうか。

私の父母[1]も養父母[2]も紀州人である。祖父母の代から、いやもっと前の代からそうであった。しかし私は成長してから何度かゆかりの地を訪れたことがあるだけである。そこは「家」にとっての郷里ではあっても、私個人のふるさととはいえない。

私は東京で生れた。しかしあくる年には母に抱かれて京都にきた。東京は私の出生地には違いないが、やはりふるさとではなかった。

私は二つの時から四十一になる今日まで、途中大阪と西宮とにいた十年ばかり[3]を除けば、始終京都に住んでいた。私にとってここ以外はふるさとの名にふさわしい土地を見出すことは不可能である。

＊

京都はだれの目にも美しい。その京都をふるさとと呼びうるのは私にとってうれしいことの一つである。私は子供のころ祖父や祖母につれられて、洛中洛外《らくちゆうらくがい》の名所を見物した。しかしその当時は格別美しいとも思われなかった。むしろ初めて奈良につれてもらった時、全市が一つの公園として均整の取れた輪郭のはっきりとした彫刻的な美しさに、目をみはったのである。京都に長く住んでいる間に、そして少年から青年へと成長するに従って、私の考えは変っていった。三方を山によって限られたこの十数方里の小天地の全体が、あたかも一人の極めて神経の細かい芸術家によって注意深く形づくられ、みがきあげられた一個の芸術品にも似ていることが、段々とわかってきた。正確にいえばこの作品の製作者は勿論《もちろん》一人ではない。この微妙な山河の曲面と曲線とを長い地質時代の間に彫りだし、その上に適度の水蒸気によるうるおいを含んだ雰囲気を常にただよわしておくことにまず成功した造物者《ぞうぶつしや》は、自分の手を休めて静かに待っていた。時がきて草木が繁茂《はんも》し、人間がそこに定住し、何代も何代にもわたってこの山河とこの雰囲気の中ではぐくまれ、同化されてゆく過程と並行して、そこにこの自然と驚くべき調和を保った、そしてそれと明瞭《めいりよう》に区別することさえできない文化を幾代もかかって築きあげていったのである。嵯峨野《さがの》(4)の何気《なにげ》ない竹藪《たけやぶ》の蔭《かげ》にも、障子で上半分をかくされた寺の庭の一見平凡な景色の中にも、他の多くの場合に驚くほど荒けずりであった造物者が、地球のこの一角に不思議なほど柔らかなタッチで描いたデッサンの上に、更にその心を完全に体得した人々がつけ加えた微妙なディテールと彩色とを見出すのである。この街に長く住んでいると、これらの点が段々とはっきりわかってくる。

*

京都の自然は美しいが、そこはしかし外来者にとって必ずしも最も住みよい場所ではないといわれる。私はここに長く居住し、ここを最も愛好する人間の一人として、京都人のために極力弁護しつつも、その消極性を中心とするいろいろな欠点を認めざるを得なかった。もとより人間はどんな場合でも、すべての点で満足しようと望んではならない。ここに住む人はこの美しい自然と文化とによって十二分に恵まれていることを感謝しなければならない。それと同時にしかし、私どもここに住むものの心がけ次第で伝統的な美しさを保持しながら新しい時代によりよく適応した、そして日本人のすべてから、否、世界中の人々から真に愛好される理想的な都会にすることができるという希望を持つことは許されるであろう。

（一九四七年　四〇歳）

下鴨の森と私

下鴨の森(1)の思い出は、私の小学校時代にまでさかのぼる。寺町今出川《いまでがわ》にある京極《きようごく》小学校(2)では、夏休みになると早起き会が始まる。一年生になった私は、八月一日からの一カ月間、毎朝暗いうちに家を出て、下鴨の森を南から北へ歩く。頭の上を高くおおう両側の木立《こだち》のとぎれたところに朱ぬりの鳥居がある。その前に細長い机がおかれていて、二、三人の先生が腰かけておられる。ようやく、ここまで辿《たど》りついてほっとした私は、一枚のまるい紙ふだをもらう。その大きさや紙の厚みは、当時はやっていたメンコにそっくりである。そこには、いま目の前にある朱ぬりの鳥居と緑の木立とが描かれている。私はそれをもって、またひとりで家に引きかえす。夏休みの宿題帖《ちよう》の表紙の裏にこのまるい紙ふだをはりつける。毎日毎日それを繰りかえしていると、表紙の裏の空白が少なくなってゆく。三十一日間、一回も休まずに下鴨の森まで往復した。早起き会が何年つづいたのか、はっきり憶《おぼ》えていない。しかし今でも鳥居の前までくると紙ふだの絵の記憶がよみがえってくる。

その次の思い出は私の高等学校時代まで飛ぶ。そのころ下鴨の森の西側に移り住んだのである。そこは昔からの下鴨神社の社家町《しやけまち》であった。両側に土塀《どべい》のある大きな家が並んでいた。私たちが住んでいたのも、そういう古い家のひとつであったが、私はそこの屋根裏に、どこから入ったらいいのかわからない天井の低い部屋を見つけた。好奇心をそそられて梯子《はしご》をかけてのぞいたりするうちに、二階からの通路がわかった。時々この暗い部屋の中をはいまわっては、ささやかな冒険心を満足させていた。この家にいたころは近いので、しじゅう下鴨の森をひとりで散歩した。

しかし、ここに居た期間は、あまり長くなかった。大学時代には塔之段《とうのだん》(3)に引っこししていた。結婚してからは、大阪や阪神間で暮すことになった。昭和九年の室戸《むろと》台風(4)が京阪神地方を襲ったのは、その間のことである。そのあと、しばらくして下鴨の森を訪れた私は、変りはてた姿に呆然《ぼうぜん》とした。もう以前の昼でも暗い鬱蒼《うつそう》たる老樹の群立は、私の記憶の中にしか存在しないことになったのである。

それからまた四十年に近い歳月が過ぎた。前に住んでいた家は、広い電車路の開通[5]の結果として影も形もなくなった。しかし、その間に下鴨の森は若々しさと明るさの感じられる新しい姿に再生した。そして十六年前にまた、この森の近くに住むことになった。今度は森の東側であった。大学を停年[6]でやめてからは頻繁《ひんぱん》に散歩するようになったが、若い時のような孤独な散歩者でなく、孫娘といっしょであった。このようにして下鴨の森がまた親しい心の友となったのである。

（一九七三年　六六歳）

虫とのつきあい

小さい時から京都の町の中で暮していたが、昆虫は身近な存在であった。木立《こだち》のある庭はさまざまな虫の住家であった。太い樹の根もとには白っぽい、こわれやすい、長ぼそい袋の形をした巣があちらこちらに顔を出している。そっと引っぱりあげると、袋の底に縮《ちぢ》こまっていたさむらい蜘蛛《ぐも》が、びっくりして逃げようとする。おもしろがって片っぱしから巣を引っぱりあげていた私は、しまいにかわいそうになってきた。

家の近くに、御所の森があった。朝の暗いうちに出かけて、かぶと虫などをとる。中でも頭にくわがたをつけた虫は「源氏」と呼ばれていて、子供たちの間では一番珍重《ちんちょう》されていた。それらを家にもってかえって桐《きり》の菓子箱に入れる。蜜《みつ》をやる。桐のふたにキリでいくつも穴をあけて空気がかようようにする。夜はふたの上に石を置いて逃げないようにする。虫は箱の中で

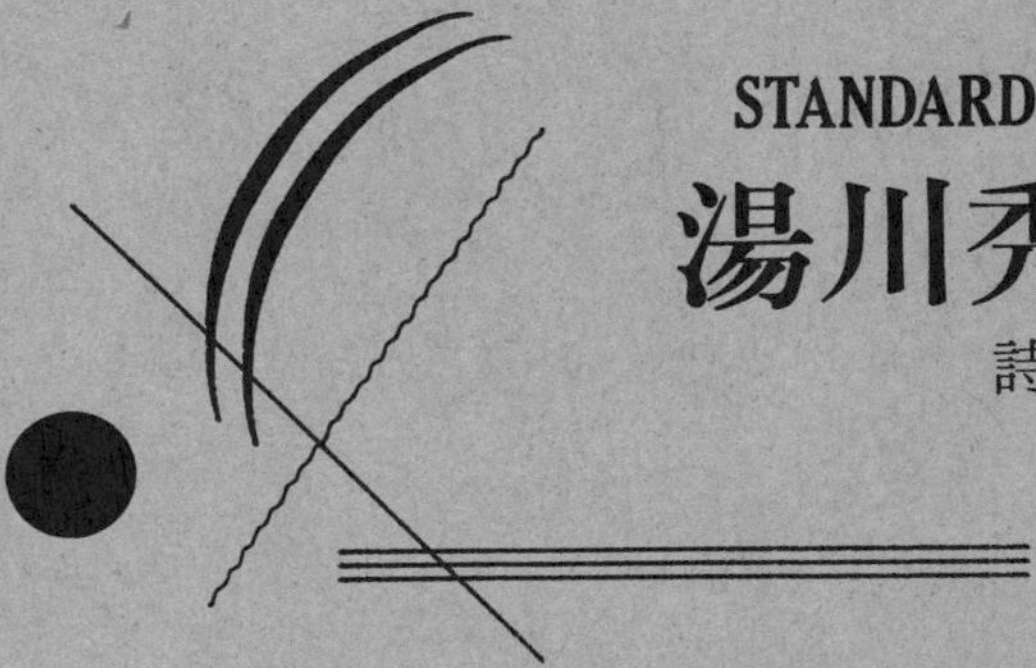

STANDARD BOOKS

湯川秀樹

詩と科学

湯川秀樹の視野

小沼通二

湯川秀樹と同級生だった朝《とも》永《なが》振《しん》一郎《いちろう》は、湯川のことを百年先まで見ているといった。たしかに私が見ても、物事を遠くまで見ていて、視野の幅も広かった。無口だったし、父親からも評価されていなかった少年湯川がどのように成長していったのか、どのように開花したのかを見ていくことにしよう。

湯川秀樹は小学校に入る前から「大学」、「論語」など儒教の四書五経を学んだ。湯川の父からの依頼で、祖父の小川駒橘《こまきつ》が、声を出して読ませるだけで、意味の説明はしないという「素《そ》読《どく》」をさせたのだ。湯川の父は蔵書家だった。湯川は、父の書棚にあった日本と中国の古典を集めた有朋堂《ゆうほうどう》文庫（一九一二～二二年）を片端から取り出して、小学生から中学生（当時は五年制）にかけて親しんだ。日本と外国の現代小説も手あたり次第読んだ。文学少年だったのである。

中学時代、「老子」と「荘子《そうじ》」に父の書斎で出会い、儒教を脱して老荘の思想に心酔し、生涯共鳴した。中学時代には、文学的団体に属し、同人回覧雑誌「近衛《このえ》」に童話を書いたと回想しているが、これまでのところ見つかっていない。十五歳のときに中学校の同窓会雑誌に書いた「勝敗論」は、生誕百年の機会に発掘され、初めて本書に収録されて世に出ることになった。

しかし一方で、数学ができたので、中学四年修了時に高校の理科甲類に進んだ。旧制中学は五年制だったが、四年修了者から高校に進学できた。甲類は非生物系のコースで、力学があって、生物実験がなかった。ところが、教師が解いてみせた方法で問題を解かないと評価されないという数学の授業に失望し、数学に進む興味はなくなった。一方、製図が苦手だったので工学部に進む道も閉ざされた。高校三年の第一回志望調査では、父と同じ地質学と書いたが、落ち着かなかった。というのも、湯川の高校時代の三年間は、二十世紀の物理学の最大の業績の一つである量子力学が疾風《しっぷう》怒濤《どとう》のように創られていったときだったからである。早熟だった湯川は、ヨーロッパから届く洋書を入手してこの息吹《いぶき》を知り、高校の教師や京大の先輩の意見も聞き、最後の志望調査に物理学と書いたのだった。

次の分かれ道は、理論物理学か実験物理学の選択だった。物理の学生にとって必修の物理実験は好んでいたが、当時の最先端の実験研究のテーマは原子スペクトルの分光学であり、ガラス細工が不可欠だった。これが湯川はうまくできない。そのため理論物理学の研究室に入ったが、量子論の研究者がいなかったので、図書館と洋書店に届く外国文献を頼りの自学自習だった。大学を卒業しても就職先はない。無給副手という最低の地位で研究室に残り研究を続けた。

二十四歳ごろの自戒《じかい》のしおりが研究ノートに挟まれて残されていた。「原子核ト量子電気力学ノコトヲ一刻モ忘レルナ」と書かれている。この段階で目標が見え、実際に生涯このテーマを追い続けた。裏を見ると、「明日カラ夕食後モ学校ニ居ルコト　九月中庭球絶対ニヤラヌ」とあってほほえましい。

一九三三年に日本数学物理学会で初めて講演を行い、この学会の機関誌にハイゼンベルクの論文の詳しい紹介を書いた。湯川の理論はこの論文の先にあるが、まだ彼は気づいていない。実験の手がかりもない中で、これ以外ないと確信して一九三四年十一月に二十七歳で完成させた最初の論文が、核力の中間子論を創造した業績だった。一九三七年に米国と日本の理化学研究所で発見された粒子が、湯川の予言した粒子らしいとされて欧米でも大きな話題になり、湯川は服部報公賞を受賞した。湯川の業績は多くの新聞に大きく載り、講演依頼、執筆依頼があい次ぐようになった。この時の様子が本書に収録された「四国の秋」に書かれている。

湯川のノーベル賞は一九四九年、湯川が予言した中間子が英国の実験で確認された二年後だった。湯川が五年間の滞米後帰国したのは一九五三年。私は九月に開かれた国際会議で初めて湯川を見た。が、実際に知り合ったのは二年後だった。湯川が所長を務めていた京都大学基礎物理学研究所に転任したのは一九六七年。それ以来、亡くなるまでお近くにいた。

講演や執筆のテーマは、最初のうちは物理であり、子供のころの思い出、身辺雑記などだったが、次第にどこまでも広がっていった。帰国後は、対談、座談の機会も増えた。

一九七〇年に京都大学での定年に達したが、自身で創刊した学術専門誌「理論物理学の進歩」の編集と刊行の責任者を終生務めていたし、物理の議論も続けていたから、その後も二、三週間に一度は研究所に来られた。

一九七五年に大病をされるまでは、誰とでもどんなテーマでもどこででも対応するような超多忙な生活だったが、その後は次第に人に会うのは大変になっていった。それでも、気心の知れた研究所の我々とは、亡くなる直前まで仕出し弁当をとって一緒に昼食を取り、ミルクを飲んで、時間がある限り座談を楽しまれた。話題は、物理、物理学者、歴史、文学、哲学、中国、世界、核兵器、平和とどこまでも自然に広がっていった。今でも懐かしい。

こぬま・みちじ
物理学者。一九三一年東京生まれ。東京大学卒。神奈川歯科大学理事、慶應義塾大学名誉教授、東京都市大学名誉教授、世界平和アピール七人委員会委員、日本パグウォッシュ会議運営委員、下中記念財団理事など。専門は素粒子理論、科学と社会。日本物理学会会長、アジア太平洋物理学会連合会長、日本学術会議原子核特別委員会委員長などを歴任。編著に『湯川秀樹』(共編)、『湯川秀樹日記——昭和九年：中間子論への道』(編)、『「湯川秀樹 物理講義」を読む』(監修)など。

STANDARD BOOKS HEIBONSHA

しじゅう、ガリガリという音を立てていた。

夏になると夜店で売っている鈴虫や松虫やきりぎりすなどを買ってくる。竹籠《たけかご》に入れて、なすびやきゅうりを輪切りにしたのをやる。

ある日の夕方、兄に連れられて郊外電車にのって宇治《うじ》へいった。蛍《ほたる》がたくさんいた。金網をはった虫籠に蛍を入れて帰ってきた。そんなこともかすかに憶《おぼ》えている。宇治の蛍がりは「朝顔日記」(1)という芝居の場面になっているほど、昔から有名だった。しかし、宇治の蛍はもうずっと前から物語の世界にだけしかいなくなってしまったようである。

さむらい蜘蛛の巣のあった家の跡形もない。どこでも見られた、大小さまざまなトンボ――ヤンマ、シオカラトンボ、赤トンボ、カゲロウなどはどこへ行ってしまったのか。それらすべては、しかし私の想い出の中に消えずに残っている。

(一九七五年 六八歳)

京の山

移り住む古京の秋の山並《やまなみ》の目にさやけくも回る思い出

昭和十八年十月私は上甲子園(1)の仮住居を去って、再び京洛《きようらく》の地に帰ることになった。深泥《みぞろが》池《いけ》(2)も程近い新居(3)の二階に上って東から北、北から西へと起伏する山並を眺《なが》めた時、ああ京都へ帰って来てよかったとしみじみ感じた。そして幼時から大学時代にわたる二十数年間の様々な思い出が、遠近の山々の姿にも似た濃淡の微妙なニュアンスをもって、次々とよみがえって来たのである。京都にはこの山々は本当になくてはならないものである。建築と庭園とが山を背景とすることによってどんなに引き立つかを、最もよく教えてくれるのはこの地である。そればかりではない。幾層をなして京の町全体を三方から緩《ゆる》やかに包んでくれる山並、それがどんなに長い歳月にわたって、ここに住む人々の心に文字通り平安を与えて来たことか。山はいつも黙して答えないが、多難な人生の行路にあってふとそれを眺めやる人々の心に、どんなに大きな慰《なぐさ》めとなって作用していることか。

そこはかのうれいある日の帰るさはいやなつかしき京の夕山

いずれとして目に親しからぬはなき山々の中でも、特に私が身近に感じるのは比叡《ひえい》の山である。かつて一中(4)、三高(5)、大学(6)への登校の途中、荒神《こうじん》橋や出町《でまち》橋(7)から見た比叡の頂上には、二つの平らな峰が連接して実に穏やかな姿であった。それは南に隣《とな》る大文字山と較《くら》べても、そんなに飛び離れて高いという感じはしなかった(8)。小学生や中学生にとって楽に登ることの出来る山であった。私は何回も何回も登った。きらら坂からも一乗寺《いちじょうじ》道からも白河《しらかわ》道からも(9)。今度移って来た家の附近《ふきん》から望む比叡はもっと秀麗《しゅうれい》である。頂上には一つの峰だけしか見えない。北側はやや緩やかであるが、南側はもっと鋭角《えいかく》的な、しかし美しい曲線を描いていわゆる比叡アルプスの尾根に続いている。大文字山は遠くかつ遥かに低い。いつ見ても比叡は温雅《おんが》ではあるが、ここでは幾分孤高という感じをも伴っている。人の世の煩《わずら》いの中に立ち交《まじ》った親しみ易さと同時に、どこかそれを超出した所がある。今の比叡は私にとって最早や踏破すべき山岳ではない。いつまでも変ることのない友達である。私を混迷と頽廃《たいはい》から救い、より高い境涯《きょうがい》に導いてくれる先達《せんだつ》でもある。この地を離れてこの山の見えぬ他の大都会に移ったならば、私の心はどんなに索莫《さくばく》たるものであろうか。数年前から私は東京大学へ転任するよう懇請《こんせい》されていた。学閥《がくばつ》というような狭い縄張りを全く切捨てて、京都大学出身の私を招いて下さる東大の先生方の真情に対して、私は衷心《ちゅうしん》から感激したのであった。そして東京へ出て思う存分働き、この信頼に報いたいと何度考えたことか。しかしこの気持が強くなればなるほど、これに比例して京都を離れたくないという気持も強まって来るのであった。昭和二十年に入って空襲が激しくなり、研究室を京都から東京へ移すことなど到底《とうてい》不可能と思われたので、とうとう長年の懸案《けんあん》である転任をお断りすることにした。好運にも戦火を免《まぬ》かれ得たこの地にあって、遥かに焦土《しょうど》の中から新しい首都の、新しい日本の建設に努力しておられる多くの先輩や親友たちの労苦を思い出すたびに、私は心の中で「すまない、すまない」という言葉を繰りかえさざるを得ないのである。彼の地には住むべき家がないばかりではない。心の憂いを頒《わか》つべき山並をさえも身近に見出し得ないのである。食糧は同じように乏しいとはいえ、この美しい自然の恵みの中に生活し得る私は、日本の再建に対して、他の大都会にいる多くの科学者に比して幾層倍も大きな責任を感ずるのである。

私の父も母も祖父母も同じ姿の山々を見つつ生きかつ死んで行った。学校時代の友達のある者は今もこの地にあり、ある者は他郷へ去ってしまった。京の山に対していると私自身さえもすでに忘れてしまった過ぎし日の事どもが、新緑の木々の間に今も残っているように感ずるのである。

比叡の山窓にもだせり逝きし人別れし人のことを思えと

（一九四七年 四〇歳）

大文字

大学への往復の路のほとりのむくげの花は梅雨時になると散りはじめる。ぬかるむ路に花びらが落ちつくして、むくげの孤木がもとの淋しい姿になるとやがて暑い京都の夏がやってくる。戦争中とだえていた大文字の火が(1)、ふたたび夜空に輝くのを見たのはいつであったか。私の記憶は確かでないが、多分やはり終戦の翌年であったろう。当時の私の家からは、大文字がよく見えた。もっと真近くに妙法《みようほう》の火(2)も見えた。なき人の魂を送る火を見ながら、私はしきりに末の弟滋樹《ますき》(3)のことを思い出していた。

五人の兄弟のなかで彼だけが学者にならなかった(4)。九州の炭鉱の事務所に務めているうちに召集された。背が高かったので輜重兵《しちようへい》(5)ということにはなったが、身体が丈夫でなかったせいもあって、病気の馬の世話をする役にまわされた。大陸のどこかにいることだけはわかっていたが、詳しい消息は伝わってこなかった。戦争が終っても音沙汰《おとさた》がなかった。私たちは彼がまだ生きているという希望をもっていた。東京駅で汽車を降りると、復員の兵士の列に度々出くわした。その度ごとに私は、もしやその中に弟がいるかと思って隊伍《たいご》に沿って歩いたりした。それから間もなく彼が戦病死したという通知がきた。湖南省の病院で弟とベッドを並べていたという人から弟の死の様子を聞かされた。かわいそうな弟、まるで兄弟の不運を一人でせおいこんでしまったような弟。大文字の火は見る見るうちに消えていったが、私はいつまでも弟のことを想い続けていた。

私が小学校の五、六年のころ、次の弟も小学生になっていたので、広い家の中には、末の弟がひとり残されていた。学校から帰ってきた私は、お寺の門のような屋根のついた門を入って、庭を斜に横ぎって内玄関の格子戸《こうしど》を開ける。私を待ち受けている弟が奥から走り出てきて、内玄関の障子《しょうじ》を開ける。その時の嬉しそうな顔、あどけない姿が、今も目に浮ぶ。時々、私は格子戸を入ると、大急ぎで台所のほうに行く。障子を開けた弟は、私の姿が見えないので、台所の上り口のほうにまわる。その間に私は内玄関に引き返す。弟はとまどった末、とうとう私を見つけて安心する。

そんなこともあったので、末の弟が大きくなっても、私にはいつまでも子供のように思えた。実際にまた子供のような純真さを、いつまでも失っていなかった。召集される一、二年前、弟が九州におった時、私は九州大学へ講義に行った。待ち受けていた弟は、私を太宰府《だざいふ》に案内してくれた。天満宮の梅林にはまだ花が咲いていなかった。冷たい風が吹き渡っていた。茶店で梅《うめ》が枝餅《えもち》というのを食べながら、弟は次から次へと文学の話をした。炭鉱の事務所では、そういう話をする相手がなかったのであろう。京大の法学部を出たのだけれども、本当は文学のほうを勉強したかったのではなかろうか。そういう意味でも、不運であった。天満宮の社殿の前の白梅が一輪の花をつけていた。今にも社殿の奥から道真公が、それを見に出てきそうな気がした。彼は不運な人であった。自分の不運を歎《なげ》き続けた。もう一度、京都に帰りたい、とひたすら願いながら、この世を去った。後世の人は彼に同情した。そして彼の生前の京都の住居に似た社殿を造ってあげたのではないか。太宰府の天満宮にせよ、京都の北野の天満宮にせよ、私はそこを訪れるごとに、いつもそんな気がするのである。

私の連想は寺子屋の芝居[6]で松王丸《まつおうまる》が弟の桜丸を思い出す場面へと飛ぶ。何度も見ているが、以前は弟の死にかこつけて、本心は息子の小太郎の死を歎いているのだと思ったりしていた。しかし度々見ているうちに、どうもそればかりではないと感じるようになってきた。そして、この場面になると、私も自然と末の弟のことを思いだすようになってきた。

弟が三十になるやならずで、この世を去ってから、三十年以上の歳月が経過した。しかし私の心の中には、いつまでも彼の幼年期かあるいは青年期の姿が定着している。私がいくつになっても彼は年をとらない。大文字の火がともるごとに、その姿がよみがえる。太宰府へも、その後何度も訪れたが、その度に彼を思いだすのである。

（一九七五年 六八歳）

半生の記

はしがき

研究の苦心談のようなものを、という依頼をついうかうかと引き受けてしまったが、考えてみるとどうにも書くことがないのである。第一たいした業績もないのに、「苦心」などとはまことにおこがましいことである。まして研究はまだ序の口であって、これからいよいよむずかしくなってくることを思うと、既往《きおう》は論ずるに足りないような気がする。そんなわけで執筆が遅れているうちに、実父の突然の死去に遭《あ》い、到底《とうてい》約束の期限には間にあわぬと思って、一旦お断りしたのであるが、強《た》っての御注文にやむなく急遽《きゅうきょ》筆を走らせることとなった。

回顧すると、私の研究がともかくも小さな実を結ぶにいたったのは、非常に多くの人々のさまざまな援助協力の賜物《たまもの》である。私はいろいろな意味で本当に運がよかったのである。自分一人の力がいかに小さなものであるかがしみじみと感じられるのである。この機会に私は「苦心」よりはむしろ「恩」と「運」とを語らしていただきたいと思う。

京都時代

私は明治四十年に東京で生まれたのであるが、翌年父（小川琢治《たくじ》）が京都帝大に赴任《ふにん》して以来、昭和七年の春まで二十数年間をずっと京都で過ごすことになった。父の専門は地質学と地理学とであったが、その研究癖《へき》は考古学、支那学(1)から書画、刀剣、囲碁にまでも及んでいたので、書斎や土蔵はいうに及ばず、居間から玄関までいろいろな種類の書物が雑然と並べられていた。広い借家ばかり選んで移り歩いていたが、書物は増す一方なので、家族の者はいつも整理に悩まされていたのであった。かような家の中に育った私は自然と書物に親しむことになり、随分いろいろな本を手当り次第に読むようになった。それが後日の私にどんな影響を及ぼしたかはもとよりはっきりとはわからぬ。ただ読むことと、考えることと、書くこと、それが現在までの私のおもな仕事となった原因はおそらくこの辺にあったのであろう。

父は私の専攻すべき学科に対しては、何も干渉しなかった。大学にはいる段になって、私は大いに迷った。三高の三年になって、第一回の志望を書く際に選んだのは父の専門の「地質学」であった。しかし三高卒業の間際《まぎわ》になって、いよいよ大学の志望を決定する時、急に気が変わって「物理学」と書いてしまったのである。いまにして思えば、物理学は私にとってただ一つの道であったのであって、他のいかなる仕事をやっていても、おそらくは失敗に終ったに違いない。

大学の三年になって、どの先生の指導を仰ぐべきかを決める際にも、また大いに迷った。結局量子論をやることにして、理論物理学の教授たる玉城《たまき》嘉十郎《かじゅうろう》(2)先生のところへ指導をお願いにいった。先生は元来流体力学や相対性理論が御専門であったから、私の申し出はさだめし御迷惑なことであったろうと思うが、それにもかかわらず、気持よく願いを聞き入れて下さった。それ以後、大学を卒業して四年、昭和八年大阪帝大に転ずるまで、私は先生の研究室に置いていただいた。その間、先生はあまり細かい干渉をされなかったので、私は愉快《ゆかい》にのびのびと勉強することが出来た。父母にねだって専門の書物を随分買ってもらった。こんなこと一つにも父母の有難《ありがた》さが思われるのである。この四年間にまとまった研究は何一つ発表しなかったが、実際は私にとって最も大切な準備時代であったのである。この時期に養った潜勢力《せんせいりょく》が、その後の数年間の活動の源泉となったのである。

話はもとにもどるが、私の大学在学当時は、ちょうどド・ブロイ(3)やシュレーディンガー(4)の波動力学、ハイゼンベルクなどの量子力学が出現した直後で、わが国にはいまだその方面の専門家はほとんどなかったのであった。私はただわけもわからず、新しく発表される論文を追いかけていた。

ところが幸運にも大学卒業の前後から、西欧の物理学者の来朝が相ついで行なわれたのである。最初ゾムマフェルト(5)門下のラポルテ(6)が数日にわたって量子力学の解説を行なった。続いてゾムマフェルト自身も京大を訪れ、波動力学に関する平易な講演をした。さらにまた量子力学の建設者であるハイゼンベルク、ディラック(7)の両人がわが国を訪れた。ハイゼンベルクの口から不確定性原理(8)の説明を聴くこと、ディラック自身の語る電子の相対性理論、それは何物にもまして感銘深いものであった。

これと前後して新帰朝の荒勝《あらかつ》(9)・杉浦(10)・仁科諸博士も相ついで物理学教室に招かれて、新鮮な講義を行なった。これらのたび重なる刺激が私のその後にどれだけ深い影響を及ぼしたであろうか。まことに測り知れざるものがある。しかしこれもまったく物理学教室の諸先生が、新しい物理学の芽をここにつちかわんとされた熱意の賜物である。当時を追懐《ついかい》するごとに、うたた感謝の念を禁じ難きものがある。

大阪時代

昭和七年の春、私は姓を改め、大阪に移り住むことになったが、その後も何の心配もなく研究を続けていくことが出来た。これはまったく養父母のおかげである。養父（湯川玄洋《げんよう》）は当時すでに病院の激務を義兄(11)に譲り、書画と茶に余生を送っていた。心臓が弱っていたので過激な運動を極力避け、養生に努めていたが、昭和十年八月、私の研究の成果を見ずして世を去ったのである。今日生きていたならばどんなに喜んでくれたことであろうか。ただ苦労をかけたばかりであったことを思うと、本当に残念である。

昭和八年四月、仙台で行なわれた日本数学物理学会年会の席上、私は生まれて初めて自分の研究を発表した。それは「核内電子の問題に就《つい》て」という題であったと記憶している。それはちょうど中性子[12]が発見された翌年で、原子核は陽子と中性子とから出来ているという説が、ようやく盛んになった頃である。しかしまだベータ一崩壊[13]に関するフェルミ[14]の中性微子[15]説が発表される以前であったので、核内電子に対しては量子力学は全然適用出来ず、エネルギー不滅の法則[16]も成り立たぬのであろうというボーア[17]などの考えが有力であった。

私は中性子と陽子間の相互作用が電子の交換によって行なわれるというハイゼンベルクの考えを、何とかして数学的に表現してみたいと思った。そして中性子陽子間の転移が、電子の「場[18]」に対する「源」になるという仮定を導入したのである。その結果として「核力[19]」らしいものが出るには出るがその有効距離が長過ぎるうえに、電子がフェルミの統計を満足するという事実が重大な障碍《しょうがい》となって、それ以上理論を発展させていくことができなかったのである。この会に仁科芳雄博士も出席しておられたが、ボーズ[20]の統計を満足する電子の存在を仮定すればよいのではないかと注意された。これが後に述べる中間子理論[21]に対する一つの暗示となっていたのである。仁科先生はこの当時から今日にいたるまで、始終私の研究に対して最も熱心な支援を与えられた。私の今日あるは一つには先生の賜物である。

この会で私は大阪帝大物理学教室の主任教授八木《やぎ》秀次《ひでつぐ》先生[22]にもお目にかかり、阪大へ入れていただくこととなった。これは私にとってこの上もない幸運であった。当時の阪大理学部は創立直後のこととて、年若い教授が多く実に精気《せいき》溌剌《はつらつ》としていた。コックロフト型の高圧装置[23]が出来て、理化学研究所[24]から担当者として菊池正士《せいし》博士[25]が来任されたのが翌年のことである。菊池博士を中心とする原子核の研究はちゃくちゃく進歩した。

私はこの活動的な雰囲気《ふんいき》の中にあって、先に述べた理論の行き詰りをいかに打開すべきかに腐心していた。この頃にはすでにベーター崩壊に関するフェルミの理論も出ていたが、それは畢竟《ひっきょう》私の考えた電子場を、電子と中性微子の一対で置き換えたものであった。それによって、電子がフェルミの統計に従うことに伴ういろいろな矛盾を除去することができたのであるが、この理論もまた「核力」と「ベーター崩壊」とを同時に説明することができなかったのである。そこに何かまったく新しい考え方が必要なように感じられたのである。

その年すなわち昭和九年の秋、関西に大風水害があった。私は当時養父母とともに西宮市の山手の苦楽園《くらくえん》(26)に住んでいたが、幸いに風の被害もなく、その直後に二男(27)が生まれた。私はお産の前後、一人で奥の間に起臥《おきふし》しながら、一心になって核力の問題を考えていた。その結果少し不眠症になったと見えて、昼間は何だか頭がぼんやりしている。そのかわり夜になるとなかなか寝つかれず、だんだん頭が冴《さ》えてきて、それからそれへといろいろな考えが頭に浮かぶ。朝になって忘れてしまうのが惜しいので、枕元にノートを用意しておいて、考えがまとまる毎に起き上がって書きつける。しかし妙なもので、その時には一かどの妙想だと思ったものでも、翌朝読み返してみると、一向に詰《つま》らぬ場合が多いのである。こんなことを繰り返している間にいつとはなく核場の構想が、明瞭《めいりよう》な形を帯びてきたのである。そこで十月頃阪大で最初の発表を行なった。この新しい場には、電子の約二百倍の質量を持ち、ボーズ統計に従う新しい粒子(今日のいわゆる中間子)を伴うべきことを結論したのである。当時菊池博士も注意されたように、この粒子は電気を帯びているはずであるから、もしそれが実際存在しているならば、霧箱《きりばこ》写真(28)によってその姿を捕えることが出来そうである。しかし地上の実験室内ではこの粒子を創り出すことは困難であるから、問題になるのは宇宙線だけである。ところが当時宇宙線の本性はほとんど分かっていなかったのである。

さて、私はこの説を十一月東京で開かれた日本数学物理学会常会で発表し、翌昭和十年二月、論文が同会記事に掲載せられる運びとなった。これについて一言して置きたいことがある。すなわち「新しい学説は多くの場合、わが国では無視され、それが外国で問題となって初めてわが国の学者が騒ぎ出す」ということがよくいわれる。しかしこれは、私の場合にはけっして当てはまらないのである。なぜかというと、私の説に対しては発表当時からして、国内の多くの学者が興味を感じていたのである。そして仁科、菊池両博士のごときは、最も熱心に私を激励《げきれい》して下さったのである。ただ当時は直接の実験的根拠が皆無であったから、この説をそのまま信ずることは何人にも不可能であったのである。かようなわけであるから、私の説はわが国において最初から好意を持って受けいれられたものと考えて良いと思う。かえって外国では、まだほとんど問題になっていなかったのである。

このようにして私の説は一応出来上がったものの、実験の方から何か証拠が出てこないことには説得力がない。ところが昭和十一年、前に陽電子を発見したアンダーソン(29)が、宇宙線の霧箱写真中に妙な粒子の飛跡が現われたと報告している。すなわちこの粒子は確かに電子ではなく、しかも陽子よりも軽くなければならぬというのである。私はこの報告を見て、すぐにこの粒子こそ、私の捜し求めていた新粒子（すなわち中間子）であろうと思った。しかし今日になってみると、これは通常の中間子ではなかったらしい。なぜかというと、その質量は電子の二百倍というような小さなものでなく、もっと陽子質量に近いからである。この粒子の正体は今日でも謎《なぞ》である。中間子の飛跡を示す確かな宇宙線写真が米国その他の国々の学者、わが国においては仁科博士らによって得られたのは、翌昭和十二年から十三年の間である。

むすび

さて、宇宙線中に中間子が存在することが立証されてから後のことは、すでにいろいろな機会に述べたから、これ以上深入りしないことにする。（詳細については例えば拙著『最近の物質観』『極微の世界』『存在の理法』のいずれかを御覧になることを希望する）

最後にこの機会に付け加えておきたいのは、昭和十二年以後の理論の発展が、けっして私一人の力によるものではないことである。いやむしろ仕事の大部分は私の研究に協力して下さった人々に帰すべきものである。とくに坂田昌一《しょういち》[30]博士（現名古屋帝大教授）は面倒《めんどう》な問題を一つ一つ克明に解決していかれた。小林稔《みのる》[31]博士（現京都帝大教授）や武谷三男《たけたにみつお》[32]氏にも随分お骨折を願った。さらに後になっては多くの若い人達に仕事を分担してもらった。中間子理論がともかくも現在の段階にまで到達したのは、一つには先輩諸先生の御後援の賜物であるとともに、また多くの有能な協力者を得たためでもある。それにもかかわらず、私一人がいろいろな栄誉を独占するような形になったことは、まことに心苦しい限りである。

始めにも述べたように、中間子理論は今日行き詰りの状態にある。この難関を切り抜ければ、一つの大きな解決に到達できるであろう。その時に初めてやや恩に報い得たことになるであろう。四恩[33]の第一はいうも畏《かしこ》し、さらに父母の恩、師友の恩、衆生《しゅじょう》の恩を思わねばならぬ。いまや恩師玉城先生はこの世になく、二人の父もすでに泉下《せんか》に没したが、幸いに母は二人とも健在であり、多数の先輩諸先生の支援がある。私は不敏《ふびん》にして四相[34]の中の一相をもさとっていない。

いや四相とは何を意味するかすらもよく知らない凡夫《ぼんぶ》である。ただ四恩を忘れずに研究に精進《しょうじん》していきたいと思うばかりである。

（一九四一年　三四歳）

追記　昭和十八年十一月には実母も京都府立医大の付属病院で死去した。

東山つばらに見ゆる窓とざし絶えなんとする脈をさがすも

（一九四三年　三六歳）

仁科芳雄先生の思い出

昨年八月東京で仁科先生にお目にかかった時には、還暦とは見えぬお元気な御様子だった、羽田飛行場へ見送って下さった(1)のが最後のお別れになろうとは夢にも思っていなかった。先生がなくなったという電報を受取っても、ちょっと信ぜられなかった。時がたつに従って、しかし思い出があとからあとからよみがえってくる。短い冬の日が暮れかかって部屋の中が薄暗くなる頃などに、先生のことがふと心に浮ぶと、何ともいえぬ悲しい気持になる。窓辺に立って街をゆきかう自動車をぼんやり見下していると、無常迅速《じんそく》という言葉がおのずと思い出される。

なき人を遠きにありて偲《しの》べとやここにも空は夕焼けにして

私どもは自分のおかれている環境の安定性を、無意識的に、そしてしばしば過度に信頼している。会う人の誰にでもおのずからなる安定感を与える仁科先生のような人が突然なくなったりすると、今更《いまさら》のように人間界・自然界の根底にひそむ不安定さに愕然《がくぜん》とするのである。

今の科学研究所、(2) 当時の理研の正門から幾つもの建物の間を何度も曲った一番奥の二階のつきあたり、細長い明るい部屋で先生に何度お目にかかったか。自分のやりかけている仕事の話をすると、いつも「そいつは面白そうじゃありませんか」と、いかにも嬉《うれ》しそうにいわれる。私は生来人見知りが強く、父にさえ自分の思っていることが充分いえなかった位であるが、先生にお会いすると、自然に元気づけられ、どんなことでも楽な気持で相談ができた。昭和十四年にソルベー会議に出席するようブラッセル(3)から招待された時、前例がないので文部省から旅費が出そうになかったが、この時も先生が一番親身になって心配して下さり、結局大河内《おおこうち》所長(4)の好意で、理研から旅費を支出して貰《もら》えることになった。この会議自身は第二次大戦の勃発のために中止となり、僅《わず》か一カ月のヨーロッパ滞在《たいざい》の後、帰国しなければならなかったが、途中アメリカに一カ月いて、主な大学を一巡し、オッペンハイマー(5)博士その他多くの物理学者と友情を結ぶことができたことは、非常に大きな収穫であった。今ニューヨークにあって当時のことを思い起し、感謝の念に堪《た》えないものがある。

仁科先生の辿ってこられた道をふりかえって見ると、いろいろな点で日本の大多数の科学者のそれと違っていることに、今更《いまさら》の如く印象づけられるのである。まず第一は最初から物理学を志して大学へ入られたのでないことである。専門が途中で変る(6)ということは外国ではあまり珍らしくないが、日本では非常に少ない。これは一つには師弟関係とか縄張りとかいう制約が、外部から見るより強いためであったのかも知れない。

第二の特徴は先生が例外的に長くヨーロッパに滞在し、そこで世界的水準から見て立派な業績――例えばクライン・ニシナの公式(7)の導出――を成就《じようじゆ》されたことである。明治初期の科学者はほとんどすべてを西洋から学ばなければならなかった。それにもかかわらず、明治中期にはすでに早く長岡半太郎《はんたろう》(8)先生のような原子物理学界の世界的な先駆者《せんくしや》を出していたことは驚くべきことであった。明治後期から大正年代にかけて日本の学界が急速に向上し、外国で学ぶ必要はずっと少なくなってきたように見えた。ところが、大正末年から昭和の初めにかけて、量子力学がドイツを中心として西欧諸国に出現するにおよんで、物理学に関する限り情勢は再び逆転した。この新しい物理学を身につけた指導者の必要が痛切に感ぜられたのである。幸い、その当時ヨーロッパの第一流の理論物理学者が相次いでわが国を訪ずれ、荒勝・杉浦等の諸先生がヨーロッパから帰国され、新しい理論を日本の物理学界に伝えるのに大いに寄与するところがあったが、中でも仁科先生が当時の理論物理学界の中心である、ボーア博士の主宰するコペンハーゲンの研究所での長期にわたる滞在から帰ってこられたことは、非常に重要な意義を持っていた。

第三の特徴は先生がその後半生を民間の研究所たる元の理研、今の科研のために捧《ささ》げられたことである。自然科学の研究のほとんど全部が官立の大学を中心として行われ、私立の大学の発展さえも容易でなかった国情の中で、理研のような純然たる私立の、しかも基礎研究を主眼とする研究所が成立し、しかも日本の科学界に重要な地位を占め得たことは、それ自身異例に属する。先生がここを本拠とし、終生を民間人として過され、しかも学界の中心人物の一人であったことは、更に例外的なことである。

終戦後、官尊民卑《かんそんみんぴ》の弊風《へいふう》は余程《よほど》少なくなったが、その代り私設の諸機関は、経済的には戦前より遥かに困難な立場とならざるを得なかった。先生が理研の解体の結果として新たに発足した科研の運営にどんなに苦労されたか、この心労が先生の天寿を縮めたのではないかと思うと、暗然となると同時に、この誇るべき伝統を持った研究所が、先生のなき後も、一層の発展を続け、昔の理研の盛時が再現されるように切望せざるを得ないのである。

上にあげたのはもちろん、先生の経歴の中に明瞭にあらわれた、しかしその代りむしろ外面的な特徴である。これ等の特徴が先生の科学者としての、また人間としての諸特質と緊密に結びつき、たがいに原因となり結果となって、一つの偉大な人間像が成立したのである。先生の理解力と記憶力の非凡なことには、私どもはしばしば印象づけられてきた。ハイゼンベルク、ディラック、ボーア等の諸博士が相ついで日本を訪ずれた際の講演の通訳は、ほとんど全部仁科先生が引受けられたが、相当長い部分をその場で聞いただけで、極めて正確に日本語に直して話されたという一事だけでも、容易に他の人の追随《ついずい》を許さぬ先生の才能を雄弁に物語っている。

先生が常に将来に対するすぐれた見透しを持っておられたことを裏書する事例にも乏しくない。私に直接関係ある中間子問題にしても、その存否の検証に最も早く手を染められ、中間子の質量を最初に測定されたのであった。

しかし私が更に一層尊敬するのは、自己の利害を超越して、さらに毀誉褒貶《きよほうへん》を無視して、他人のため、公共の目的のためにつくされたことである。私がすでに述べ来った先生の経歴の表面的観察だけでも、この点は明瞭であろうと思う。先生の親友であったラビ博士(9)も、いつもこの点をほめておられる。

これらの外的内的諸特質の綜合《そうごう》として成立つ先生の人間像は、私自身の感じからいうと、東洋的なものと西洋的なものの均衡《きんこう》ある調和によって支えられていたとでもいいたい。すでに述べた如く、先生が例外的に長く外国におられた結果として、日本人にはまれにしか見られない合理性が生活態度、研究態度の中にしみこんでいたように感ぜられる。先生が疲れを知らぬエネルギッシュな人であったことも、西洋的なものを感ぜしめた。しかしその反面、清濁《せいだく》あわせ

呑《の》むとか、春風駘蕩《しゅんぷうたいとう》とかいう東洋的な形容詞が先生の場合にはピッタリあてはまるのである。(10)

先生は終生ボーア博士に傾倒しておられた。私は今までに、現存の世界の第一流の物理学者のほとんど全部に会う機会を持ち得た。その中で、アインシュタイン博士とボーア博士の二人には、何か科学者という概念では包み切れないあるものを感じた。私どもが極めて漠然《ばくぜん》と東洋的といっているところのもの、叡智《えいち》とかウィズドムとかいっているところのものが感ぜられた。ここには年齢という問題もあるであろう。こちらの側の尊敬の気持というものも幾分か影響しているであろう。しかしそれ等が全部でないことは確かである。私は仁科先生の若い時分のことは、何も知らない。私のいい得ることは、先生が私淑《ししゅく》しておられたボーア博士と幾分か共通するところのものが、先生の中に見出されたということだけである。

（一九五一年 四四歳）

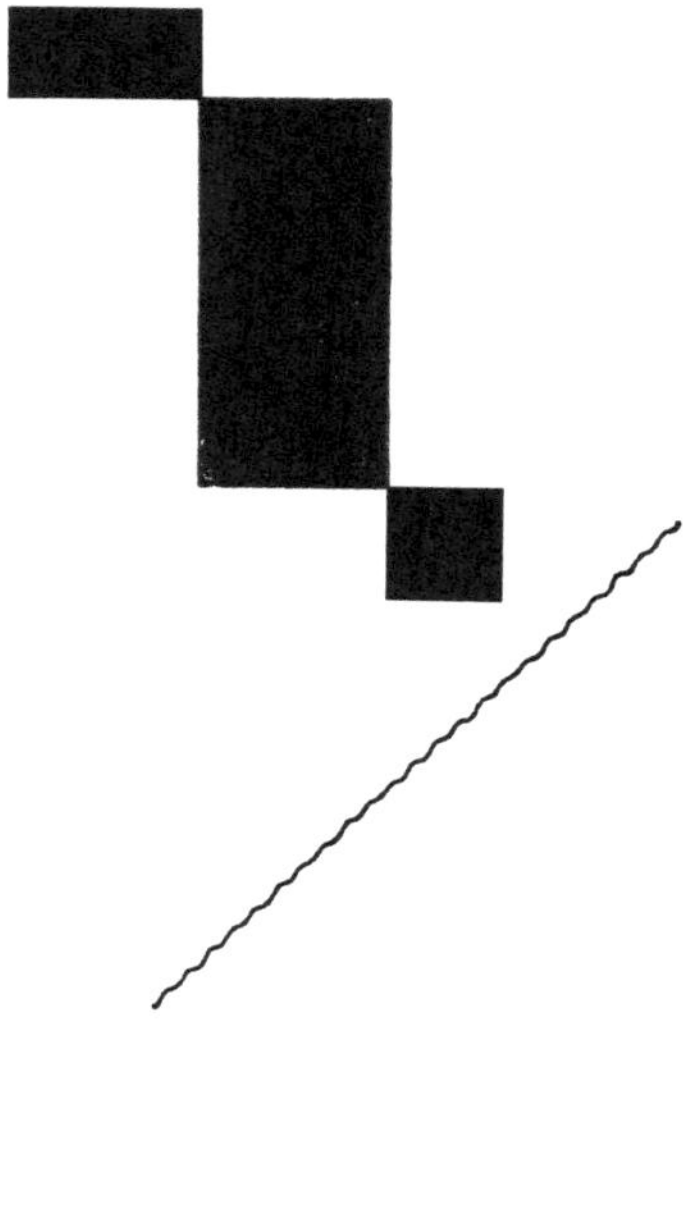

勝敗論

勝敗のあるのは戦争ばかりではない。生存競争場裡《じょうり》に於《おい》て、或者《あるもの》は巨万の富を擁《よう》して大成功者と称せられ、或者は裏表屋に燻《くすぶ》って落伍者《らくごしゃ》と呼ばれる。自動車上の大臣が成功者で工場の職工が失敗者なのである。一朝の株の暴落に成金も破産者となり、朝の高官、夕には罪人、紛々《ふんぷん》たる勝敗はそぞろに、浮世《うきよ》の無常を感ぜしめる。

勝利とは一体こんなものだろうか。成功とはこんなものか。社会の所謂《いわゆる》勝敗を見るに、勝者必しも幸福でなく、敗者却《かえ》って不幸ではない。富を得て、欲望は益々《ますます》殖《ふ》え、大官は行《おこない》を屑《いさぎよ》くすることが出来ない。一日中勢一杯働いて、食いたい丈《だけ》食い、飲みたい丈飲んで、胸中一点の曇《くもり》なく、綿の様な身体を伸《のば》して、一息に寝る心安さを味わえるのは陋巷《ろうこう》(1)の貧者のみである。世間体の成功、失敗は幸不幸に関すること甚《はなは》だ少ない。

昔釈迦《しやか》は迦比羅城《かびらじよう》(2)の栄花を捨てて山に入った。幾十年の修行後、宇宙、人生の大真理を悟得《ごとく》して、衆生済度《しゆじようさいど》を行わんと山を出た。幾星霜《いくせいそう》の苦悶《くもん》の後とて顔色は憔衰《しようすい》し、形容は枯槁《ここう》して居た。誰がこの偉大なる仏陀《ぶつだ》を目して敗者と言えようか。

全欧に破を唱えたナポレオンは果して幸福であったろうか、大蒙古《もうこ》帝国の大汗《たいかん》(3)を幸福な人とはいえまい。

幸福に反する勝利は真の勝利ではない。誰が不幸な勝利を願うものか。

真の勝利は意志の貫徹《かんてつ》によって真の幸福を得ることである。所謂勝利なるものは之《これ》を去ること甚だ遠い。

(一九二二年　一五歳)

真実

現実は痛切である。あらゆる甘さが排斥《はいせき》される。現実は予想出来ぬ豹変《ひょうへん》をする。あらゆる平衡《へいこう》は早晩《そうばん》打破せられる。現実は複雑である。あらゆる早合点《はやがてん》は禁物である。

それにもかかわらず現実はその根底において、常に簡単な法則に従って動いているのである。達人《たつじん》のみがそれを洞察《どうさつ》する。

それにもかかわらず現実はその根底において、常に調和している。詩人のみがこれを発見する。

達人は少ない。詩人も少ない。われわれ凡人はどうしても現実にとらわれ過ぎる傾向がある。そして現実のように豹変し、現実のように複雑になり、現実のように不安になる。そして現実の背後に、より広大な真実の世界が横たわっていることに気づかないのである。

現実のほかにどこに真実があるかと問うことなかれ。真実はやがて現実となるのである。

（一九四一年 三四歳）

静かに思う

1

人間にとって最高の価値を有するものとして真善美の三つが挙げられたのは、いつの時代に初まるのか私は知らない。近来は真善美という言葉はほとんど人の口に上《のぼ》らぬようになったが、それはおそらくあまりにもしばしば使われた結果、その魅力を失ってしまったためであろうと思われる。そしてそれらは例えば文化とか道義とかいう言葉で置きかえられた。しかしどんなに言い古されても真善美の三つが人間にとってこの上もなく貴重な宝であり、それ自身として追求さるべき目的であることには、もちろん少しの変りもないのである。今日文化といわれるものの中で、学問が真を、芸術が美を希求し、他方道義が善の実践に外《ほか》ならぬことを思えば、直ちに納得が行くことである。いやしくも正常に発達した文明国人ならば、自ら意識すると否とにかかわらず、これらの理想に向っての強い欲求を持っているはずである。

しかるに人間世界にはしばしばこれと反対の傾向が現れる。平時においても虚偽と醜悪との具現者としての各種の犯罪者を見出すのであるが、それは社会全体から見れば少数の異常者に過ぎない。ところが戦争となると、私どもが平素追求して来た真善美の理想などは、むしろ戦争の遂行に有害なものとして見捨てられてしまうことが珍しくない。そしてその代りとして、国民の一人一人が一身を犠牲《ぎせい》にして国家目的に奉仕することの中に、唯一最高の道義を見出すべく要請されるのである。各人がその属する国家のために全てを捧げるということは、もちろん平時と戦時とを問わずきわめて当然の義務であるともいわれるであろう。たとい戦争そのものに反対であったとしても、戦時中各々の職域において国家目的の達成に最善の努力を為《な》すべきことに変りはないといわれるでもあろう。それは「善」なる理想の一つの具体化であるともいわれるであろう。しかしながらこの地球上には多数の国がある。それらの国々のある一つが掲げる国家目的ないしはそれを実現するために取られる手段が正当化されるためには、少なくともそれらが人類全体の福祉の増進と背馳しないことが必要である。戦争は常に人類の幸福の破壊者であるという意味において、極力回避すべきはもちろんであって、単に国の内部的事情が戦争を不可避ならしめたというだけで、これを完全に正当づけることはできない。

さらにまた不幸にして戦争が勃発《ぼっぱつ》した場合においても、外に対してはでき得る限り国際間の信義と法規の忠実な遵奉者《じゅんぽうしゃ》であると同時に、内に向っては戦時において特に蔓延《まんえん》しやすい虚偽と醜悪の除去にあらゆる努力を払うべきことに変りはないはずである。今次の戦争中わが国がこれら両方面にわたって遺憾《いかん》な点が多かったことは、すでにしばしば指摘された通りである。特に戦争末期における道義の頽廃《たいはい》がしばしば敗戦の原因であるかのごとくにいわれて来た。しかしそれは原因ではなく、むしろ結果であった。かかる結果を招来した第一の原因が、自国の国力に対して全く均衡《きんこう》を失した大戦争を長年月にわたって強行しようとしたために、あらゆる方面において極度の物資不足に陥ったことにあるのはいまさらいうまでもない。「衣食足って礼節を知る」とは古今東西を通じて変らぬ真理である。進駐軍の秩序正しいのを見て人々はなおさらこの感を深くしたでもあろうが、それと同時に第二の――そしてより根本的な――原因のあることを忘れてはならないのである。それは外でもない。個人・家族・社会・国家・世界というような系列の中から、国家だけを取り出し、これに唯一絶対の権威を認めたことである。「忠君愛国でさえあれば何をしても構わない」という考え方が知らず知らずの間に人心を支配し、社会道徳の頽廃を来したのである。それはかえって真の忠君愛国を冒瀆《ぼうとく》するものでもあった。日本人の一人一人が道理と道義を尊重することによって、日本が内から見ても外から見ても立派な国家になることが、今回の不名誉を取りかえす唯一の活路である。

元来個人と国家との間にある中間段階たる家族とか社会とかいうものを全く無視することは如何なる場合にも不可能である。その証拠には隣組とか町内会とかいう中間的共同体はかえって非常事態に即応する目的をもって発達して来たのである。事実これあるがゆえに、各人の経済生活の安定がある程度まで保証され、ひいては国家全体としての秩序が維持できたのである。戦争の終った今日以後といえども——たといその形態や根本精神は違っても——種々の中間的共同体が社会秩序を維持して行く上に果すべき役割は、大きくこそなれ小さくなることはないであろう。さらにまた日本古来の家族制度の中には、他の国々では見られぬ美しい肉親の愛情に基《もとづ》く高い道徳性が見出されるのであるが、それはあくまで個人と社会とを媒介する中間段階と考えられねばならない。自己の家族の利益をある程度まで犠牲にしても隣組のために尽《つく》し、隣組の利益をある程度まで犠牲にしても町内会あるいはそれよりももっと大きな共同体のために尽すことに、より高い道徳性を見出さねばならなかったのである。

この点において、今次の戦争が国民一般にこの種の訓練を施《ほどこ》す機会を与えたことは、不幸中の幸であったことを認めねばならぬ。従来わが国において最も遅れていたのは、社会道徳の実践という方面であった。欧米人に比して日本人の公徳心がはなはだしく低いことは何人も認めるところである。公徳心はまず道路に紙屑《かみくず》を捨てないとか、交通道徳をよく守るとかいうきわめて卑近な日常行為に現れるのであるが、それだからといって軽視さるべき理由は少しもないのである。一つ一つの行為は如何に小さくとも、これらを厳格に実践することによって、ひとりでに自分自身ないしは家族の利益よりも公共の利益を尊重する心性が養われて行くのである。今後の教育には社会道徳の昂揚《こうよう》ということが最も重視されねばならぬであろう。私は従来の軍事教練の代りとして、この種の訓練を施すことが是非《ぜひ》必要だと信ずる。そしてそれは国民学校(1)の初年級から初められねば効果が薄いであろうと思う。戦争中しばしば「滅私奉公《めっしぼうこう》」という言葉が使われた。私は人々がこのような言葉を平気で使うのを見て、内心非常に驚いた。何故かといえば滅私奉公ということは、「奉公」という言葉が正しく使われた場合には、あるいは私どもの全てが遵奉すべき最高の道徳的規範ともなり得るかも知れないが、本当にこれを実践することはなかなか容易ではなかったからである。私のごとき凡人には様々な形で現れる私情や私欲を完全に抑《おさ》えることはとうてい不可能であった。したがってどんな場合でも他人に向って滅私奉公を説くなどは思いもよらぬことであった。前線では特攻隊の勇士が次々と散華《さんげ》して行くのに、どうして銃後《じゅうご》では滅私奉公ができぬのかと指導者たちはいった。しかし銃後の人々が生き続けて行くためには、なんらかの形でその日その日の私生活を営まねばならなかった。その中から贅沢《ぜいたく》を除去することはできても、完全な滅私にまで到達することは聖人でない限り不可能であった。さらにまた国民の幸福を完全に否定してしまった後に残る奉公とは如何なる意義を持ち得るものであったろうか。しかしもはや過ぎ去ったことはいうまい。今後の平和日本においても滅私奉公は今までと違った意味での一つの極限概念として存続し得るでもあろう。しかしそれは個人の意志を充分に反映し、かつその幸福の増大を目指す共同体への奉仕を意味するものでなければならぬ。そしてかかる共同体の最終段階が、人類全体を構成員とする地球的世界であることはいうまでもない。

私はただそれが一足飛びに実現され得るものでないことをいいたいのである。卑近な社会道徳の実践から初めて、漸次その方向に進んで行くのでなければ、結局はなはだしい社会の混乱に終るであろう。衣食が足るということと、礼節を知るということとは、互《たがい》に表裏をなすには違いないが、今日の事態において特に前者が先決問題であることはいうまでもない。アミーバが人間にまで進化して来た過程は、栄養の摂取と細胞の分裂に初まり、脳髄《のうずい》の発達に終っているが、これに要した年月がどんなに長かったことか。人間自身もまた、この道程の中にあって、徐々に向上して行くべき運命を荷《にな》わされているのである。人間自身が自然から生れ出た一つの中間的存在であることを忘れてはならないのである。その肉体は一方においては無数の原子の集団であると同時に、他方においては地球全体ないしは宇宙全体から見れば真に蒼海《そうかい》の一粟《いちぞく》(2)にも足りないのである。その心性より見れば野獣と神の中間にある。私どもにとって最も誇るべきは野獣から神への不断の向上を怠らない所にあらねばならぬ。

これと同様に地球上にある国々もまた人間と世界とを媒介する一つの中間的存在である。一つの国家の価値はそれが如何に強大であるかによって決定されるのではない。それは一方においてその国民の全体に如何に幸福な生活を営ましめるかによって、他方において世界全体の福祉の増進に如何に多く貢献し得たかによって決定されねばならぬ。今回の敗戦は私どもにとってまことにこの上もない悲痛な体験であった。しかしこれによって日本国民は上述のごとき諸事実を正視する無二の機会を与えられたのである。日本国民がこの破局に到るまでに自らこの事実を悟り得なかったのは、返す返すも残念なことであるが、幸いにして日本は滅亡しなかった。そして文化と道義とに立脚する平和国家として再出発することとなったのである。今後の日本の辿るべき長い道程を思い見る時、眼前の困難にもかかわらず私どもの胸はむしろ大きな希望にふくらむのを覚えるのである。

2

以上において私は主として道義の立場から、日本の過去および将来を論じた。それは真善美の三つの理想の中の善に関するものであった。しからば文化の立場から見ればどうなるであろうか。まず美を追求する芸術についていえば、私どもはここに明らかに日本の最も誇るべき伝統を見出すのである。日本人の自然と人情に対する繊細かつ鋭敏な感受性は様々な形における美しい芸術品を生み出した。この方面に関する限りわれわれは少しも卑下《ひげ》する必要はないのである。しかし欲をいえば日本人の美的感受性が公共生活の中にも発現されることが望ましい。自分の家は美しく飾るのに公園に弁当殻を撒《ま》き散らすことを何とも思わないのは、単なる公徳心の欠如という以上に、美の公共性を没却《ぼっきゃく》するものといわねばならぬ。戦災によって荒廃した国土を元の美しい日本に復興するには、美を全ての人の共有物として愛する気持が必要であろう。

最大の問題はしかし真を求める学問の側にある。公平に見て日本の一番本質的な欠陥はこの方面にあると考えられる。日本人は過去において常に論理的、数理的であるよりも心理的、倫理的であり、科学的であるよりも文学的であった。客観的なものよりも主観的なものがより多く愛好された。芸術において日本人がすぐれた才能を示したこと自体がこれらの傾向を裏書しているのであるが、その芸術自身においても、ある客観的なものの写実であるよりも、人間の気持の微妙な変化を捕えることにより多くの努力が費やされたのであった。もちろん自己の瞬間瞬間の気持を忠実に再現しようとする企ての中にも、真理への欲求が見出されるであろう。しかし真理への道は主観的なものから客観的なものへ、心理的なものから論理的なものへ、一時的なものから永久的なものへ向って開かれているのである。もしも真理という言葉があまりにも広すぎるならば、科学的な真理と限って置いてもよい。日本人は潔癖《けっぺき》だといわれる。それは確かに日本人の良い資質の一つであるに違いない。しかしそれが各人の主観的な気持の満足に止《とど》まるだけでは不充分である。当然医学的常識の普及に伴う衛生施設の発達、公衆道徳の向上にまで成長して行かねばならぬ。そうなって初めて客観的、公共的、ないし永続的な意味で清潔となり得るのである。

科学的な真理が客観性、確実性ないし普遍性を増大するためにはしばしば質的なものから量的なものへ移行が必要とされる。日本人は大変「勘」がよいといわれる。寒暖計で測るよりも手を漬ける方が、ずっと手っ取り早く、かつ場合によってはかえって正確に湯の温度を知り得ることさえある。しかし勘に頼っている限り、手を触れられないほど熱いかまたは冷たい物の温度は知ることができない。また金属と木製品とでは同じ温度でも大変手の感じが違うのを如何《いかん》ともできない。どうしても何か測定器械を使わねばならぬことになる。科学的な真理の探求が様々な器械を道連れとして行われ来《きた》ったのはけだし当然のことである。科学と技術とは本来分けることのできないものであった。

ところで日本人は一般に大変器用である。種々の実用的な道具や工芸品の製作において優秀な腕前を示して来た。日本刀のごときはその代表的な例である。しかるに近代的な工業技術においては公平にいってわが国は第一流国たるを誇ることはできなかった。もちろんそれは工業資源の不足と、欧米の技術を輸入してからいまだ日が浅いこととにもよるであろう。しかしそこには再び日本人が器用過ぎ勘に頼り過ぎるという特殊事情が見出されるでもあろう。それはかえって複雑な器械の使用を億劫《おっくう》がらせる結果を招いたかも知れない。しかし問題はそこには止まらない。複雑な器械を作るということ自身が単なる手わざだけではできなかったのである。そこには常に進歩した科学による裏づけが必要であったのである。

3

しからば科学とは一体何であるか。科学の獲得した結果が、人間の生活に大いなる効用を持ち得たことは事実である。そして最もしばしばこの効用のゆえに科学は尊重され来ったのである。近代の戦争は科学戦であるとの理由をもって国家は大いなる経費を支出して科学の研究を奨励《しょうれい》した。しかし科学の本領が真理の探究にあることは、如何なる時代においても変りがないのである。真理が人間の求める最高価値の一つであることを自覚せずして科学の本当の進歩を期し得るはずはないのである。真理の探究が他の目的に対する手段としてではなく、それ自身として最も有意義な仕事であるとの自覚こそは科学精神の中核である。ヨーロッパにおいてはすでにギリシャ時代にこの精神が最高度に発揮されたのである。それ以後の科学が全てここから流れ出て来たことは、人のよく知る通りである。近代ヨーロッパはこの流れに棹《さお》さして、科学を基調とする文化の黄金時代を現出した。しかし最近十数年の間に科学の中心は漸次アメリカに移って行った。その原因の一つはナチス・ドイツが多くの優秀な学者を、ユダヤ人であるとの理由で追い出したことにある。この一事はドイツを敗北せしめる遠因の一つとなると同時に、アメリカを勝利に導く近因の一つとなったのである。何故かといえばこれらの学者の多くはアメリカに渡った。アメリカにはすでにフランクリン(3)やエディソン(4)によって象徴される発明家の輩出と、豊富な資源に依存する大規模の工業技術の発達とがあった。海を渡って来た学者たちの多分に理論的な傾向はアメリカ固有の実際的な傾向と相補《あいおぎな》って、ここに科学の一段の進歩が約束されることとなったのである。原子爆弾の出現のごときもその一つの結果に外ならないのである。

わが国からはこれに比肩《ひけん》すべき新兵器はついに現れなかった。総力戦の一環としての科学戦においても残念ながら敗北を喫《きっ》したのである。もちろんこれには多くの理由があるであろう。例えば原子爆弾の場合においても、人的および物的資源の不足、工業力、経済力の貧困等を挙げることができるであろう。一言にしていえば、彼我《ひが》の国力の大きな差異が物を言ったのである。敗戦の原因が人々によって色々と挙げられているが、全ては結局彼我国力が懸絶《けんぜつ》していたことに帰着するのであって、最高指導者がこの点を無視したこと自身が最も非科学的であったといわねばならぬ。しかし私どもはいまさら負惜《まけおし》みをいうべきではない。原子爆弾を可能ならしめたのは、もともと物理学の最も尖端的な領域における基礎研究であった。しかるにこの領域内においてさえも、わが科学陣の全力が発揮されたといえない点があるのである。日本の科学は駄目だったのだといわれるのも理由のないことではないのである。

それなら昨日までしばしば日本の科学の優秀性が強調されて来たのは、皆嘘《うそ》であったのだろうか。今日その貧困が指摘されているのが真実の全部なのであろうか。いわゆる「日本科学」の存在を強いて主張せんとする傾向は、普遍的な真理を探究するわれわれ自然科学者にとって特に迷惑なことであった。しかし一つの行き過ぎは必ず反動を伴う。人々の判断は極端から極端へと走りやすい。われわれは冷静かつ公平な判断を下すことに努めねばならぬ。特に自然科学の研究成果の評価が無闇《むやみ》に変るべき理由はない。例えば理論物理学方面などを見ると、戦争に負けたからといって急に卑下《ひげ》する必要はないと思う。われわれは過去の非を改めると同時に、特徴は特徴として認め、将来に対する大きな希望を失わぬようにしなくてはならぬ。そしてこの希望は真理探究の情熱が自由に発揚せられる場合にのみ実現され得るのである。戦時中研究の統制と秘密主義が保持されて来たのは、ある程度やむを得なかったにしても、しばしばそれは必要以上に拡大せられ、かえって研究の促進を阻害《そがい》したことを否定し得ないのである。

　とまれ科学は日一日と前進して行く。あらゆる文化は科学を基調としてその姿を変えて行かねばならぬ。科学における大きな発見や発明は往々にして人類の歴史に画期的な変化をもたらす。最近しばしば、戦争がすんだからもう科学は要《い》らぬだろうという声を耳にし、認識不足のはなはだしきに呆《あき》れざるを得なかった。反対に今後の世界は常に科学に追随して進化して行くだろう、といっても過言ではないのである。人間自身でさえも科学の発展に伴って進化すべき運命を免れることができない。真善美という言葉に変りはなくても、その内容は日に日に新しくなって行かねばならぬ。私どもは一日も怠慢であることを許されない。敗戦によって打ちのめされた勇気を再び振い起して、世界の明日の文化のために全力を傾倒しなければならない。その場合科学の成果をあくまで平和的世界における人類の福祉の増進に活用するよう特に留意すべきはもちろんである。科学のみが異常に発達し、人間の道義心の向上がこれに伴わぬ場合には、科学はかえって人類を破滅に導く原動力とさえもなり得るのである。科学自身の内部においても、ある方面ばかりが急激に進歩し、他の方面が追随できないというような場合には人間世界の健全な発達は阻害されやすい。例えば近年物理学を中心とするいわゆる精密科学は驚くべき飛躍《ひやく》を遂げたのであるが、生物学、医学、心理学ないしは文化的諸科学の進歩のテンポはこれに比して遥《はるか》に緩慢《かんまん》である。その結果器械を制御すべき人間が、かえって器械に圧倒されはせぬかという危惧《きぐ》の念さえ抱かせられるのである。人間が人間自身の本質に関して、あらゆる方面から絶えざる科学的検討を行い、その成果に基づいて絶えず人間の能力と人格の向上を図ることが、今後人類自身にとってますます重要な課題となって来るであろう。科学自身がまた、人間性の一つの現われであることを忘れてはならないのである。

（一九四五年 三八歳）

附記　終戦後二カ月ほどの間、色々な新聞や雑誌からの原稿の依頼を固くお辞《こと》わりして沈思《ちんし》と反省の日々を送って来た。その間に少し気分が落着いて来たので初めて筆を執《と》ったのがこの一篇である。一年後の今日から見るとまだまだ反省が足りないが、その時の気持がある程度まで現われていると思われるので採録することにした。

（一九四六年 三九歳）

原子力と人類の転機

未開時代の人類は野獣を家畜とすることに成功した。二十世紀の人類は自分の手でとんでもない野獣をつくり出した。科学者が原子力利用の可能性に気づいた当初から、それが有用な家畜にも、狂暴な野獣にもなりうることは予見されていた。原子爆弾はまず原子力の野獣性をあらわにした。私ども日本人の中からその犠牲《ぎせい》者が多数出た。しかし、それは同時に人類の中での犠牲者であるという意味が、世界的に十分に認められたとはいえない。原子兵器をつくる側にある人々は、猛獣を制御しているのだという自信を持っていた。被害者にとっては、それは残忍狂暴な野獣以外の何ものでもなかったが、飼主にとっては定められた役目だけを忠実に履《り》行《こう》する番犬のように見えたかもしれない。しかし原子力の狂暴性は日増しにつのっていった。水素爆弾の破壊力は関係者の予想さえも上回った。またも日本人が被害者となった。実験者の側にさえも相当数の被害者を出したといわれている。それは実験者も予想していなかった被害であった。原子力の猛獣はもはや飼主の手でも完全に制御できない狂暴性を発揮しはじめたように見える。しかもそれは戦争目的に直接使用されたのではなく、爆弾の威力をためすために、比較的安全だと思われた地域で行われた実験[1]であったのである。しかも人類に対する被害をさらに大きく、広範囲にする仕掛は現在でもいろいろと考えうるのである。原子力と人類の関係は新しい、そしてより一層危険な段階に入ったといわざるをえないのである。今回の日本人の被害が、人類の一員としての被害であるという当然の認識が、前回の場合より切実感を伴って、より急速に世界に広まりつつあるのは、不幸中の幸である。

　原子力の問題が少くとも今後、相当期間にわたって、人類の解決すべき最大の問題であることは、もはや疑いを容《い》れる余地のないほど明確になってきた。それは、未開人が野獣の恐怖からいかにして自己を守りえたかという問題とは、本質的に違っているのである。野獣は未開人にとって外的なものであった。原子力の脅威《きょうい》は二十世紀の人類がみずから獲得した知識に端を発するものである。野獣を撲滅《ぼくめつ》することはできても、科学知識を撲滅することはできない。科学知識は人間の頭脳のなかに貯《たくわ》えられ、いくらでも多くの人に分け与えることができるからである。原子に関する知識を母胎《ぼたい》として、原子力が成長し爆弾となるにはもちろん多くの条件が必要である。たとえば今後日本で原子力の研究がどのような形で行われることになろうとも、短時日の間に独力で爆弾を造り出すなどということは全然問題にならない。地球上の少数の強力な国家だけが、今後もこの猛獣の飼主たる地位を保持するであろう。原子力問題のおもな責任者は明らかにそれらの飼主である。しかしこの問題は一部の強力な国家の問題ではなく、人類全体の問題である。この猛獣をならして有用な家畜とするならば、人類全体が大きな恩恵《おんけい》を受けることも確かなのである。原子力の平和的利用は、それほど強大でない国にでも実現可能なことなのである。すでに相当数の国々が、この方向に進みつつある。それはたしかに人類に明るい希望を抱かしめるものではあるが、一方において同類の猛獣の狂暴性は月に日につのりつつあるのである。原子爆弾の段階においては、それは人類に役立つ家畜と同種のものであった。水素爆弾の段階になると、それは恐らくもはや家畜とはなりえない異種のものである。少くとも今日まで我々はそれをならして家畜にする方法を知らないのである。

原子力の問題は人類全体の問題である。しかもそれは人類の頭脳に貯えられた科学知識に端を発するものである。この問題の根本的解決もまた、おそらく人間の心の中からはじまらねばならないであろう。それは人類の進化の途上において、その運命を決定する新しい問題として現われてきたことの認識から始まらねばならない。原子力の脅威から人類が自己を守るという目的は、他のどの目的よりも上位におかれるべきではなかろうか。人類の繁栄《はんえい》と幸福とは本来何人も異論することのできない共通目的であるはずである。しかしそれは現実においては多くの場合、各人の生活からかけ離れた理想に過ぎなかった。現実においては各人はもっと切実な動機によって動かされてきた。人類の繁栄と幸福が究極の目的であるにしても、そこに至る正しい道筋が何であるかについては、多くの異論がありえた。かつてはいかなる宗教を信ずるかが人間の集団的行動の決定的因子であったこともある。そのためには長年月にわたる戦争さえも辞さなかったのである。近代においては国家目的の達成が明確に最上位におかれた。さらに近くはそれがどのような社会形態を最上と信ずるかという問題と、より密接に結びつくようになった。

しかし原子力の問題は人類の全体としての運命にもっと直接に関係する新しい問題として現われてきたのである。それを転機として、人類の各員が運命の連帯に深く思いをいたし、原子力の脅威から自己を守る万全の方策を案出し、それを実現することに、いままでよりもはるかに大きな努力を払わなければならない段階に入ったのである。そしてそれは人類がその繁栄と幸福とに、もっと直接につながる人類的共同体の実現への大きな一歩を踏み出すことでもあるのではなかろうか。

私は科学者であるがゆえに、原子力対人類という問題を、より真剣に考えるべき責任を感ずる。私は日本人であるがゆえに、この問題をより身近かに感ぜざるをえない。しかしそれは私が人類の一員としてこの問題を考えるということと、決して矛盾してはいないと信ずるものである。

（一九五四年 四七歳）

戦争のない一つの世界——世界連邦世界大会を迎えて

八月二十四日から三十日まで「戦争のない一つの世界」という主題のもとに、東京と京都で世界連邦世界協会の世界大会が開かれる。やたらと「世界」という言葉を使わなければならないが、ここでいう「世界」とは、いうまでもなく、現在から未来に向って生きてゆこうとする人類全体と、その活動の舞台としての地球を一緒にしたものである。人類以外のさまざまな生物が地球上に存在するが、生物の中の一つの種としての人類、それも人類の中のある一部だけでなしにその全体を考える。宇宙全体は非常に宏大《こうだい》であるが、人類の安住《あんじゅう》すべき場所としての地球を問題とする。地球から遠く離れた星や宇宙空間の研究は、ますます進むであろうし、ごく少数の人が他の星に到達する日が、あまり遠くない将来に来るであろうが、ほとんどすべての人が一生をすごさねばならぬ地球を問題とする。科学文明の現在および近い将来における発展段階から見て、これより大きくも小さくもない世界が、最も世界の名にふさわしいと考えることには、だれも異存はあるまい。

ところが、この世界は非常に不安定な状態におかれている。地球上の諸地域を、ますます緊密に結びつけ「地球を狭くした」科学は、同時に人類全体の運命を予測困難なものにした。昔から人間一人一人の運命は予測困難であり、不安定であった。いつ不治の病気によって生命を奪われるかわからないという不安は、医学の進歩によって軽減されたが、まだなくなっていない。不慮《ふりょ》の交通事故にあいはしないかという心配は、むしろ現在の方が大きい。戦争の規模の拡大と、その性格の質的変化に原因する深刻な不安にいたっては、現代人がはじめて経験するところのものである。科学文明が絶え間なく進展する現在および将来の世界においては、戦争の起る可能性の無視できないような世界は、もはや人間にとって耐えられない不安な世界となってしまったのである。

そこで「いかにして戦争の起りえない世界を創り出すか」が、現代に生きるすべての人に共通の課題とならざるを得なくなってきたのである。私がこのように断定的に言うのに対して、疑問を持つ人もあるであろう。例えば「戦争一般が問題になるのでなく、大規模な核戦争が問題なのだ。それが起らないためには核兵器を禁止すれば、それでよいのではないか」という反論があり得る。しかし、核兵器が国際条約によって禁止されたとしても、それはいったん戦争が起り、ある規模にまで拡大した時に、さらにそれが核戦争にまで進展するのを防ぐための確かな保障とはならないであろう。従ってまた、核兵器禁止の条約だけが、他の諸方策と独立して成立する見こみも非常に少ないのである。一九五九年の国連総会で、有効な国際管理の下に全面完全軍縮を実現しようという決議が満場一致で採択されたのも、核兵器禁止だけでは話がすまないことを、国連に加入しているすべての国が認めたからであると判断される。

それなら全面完全軍縮で話が終るかというと、そういうわけにもいかない。軍縮後も国際紛争は起るであろう。再軍備をしようとする国が出てこないとも限らない。軍縮後の世界において各国民の安全が保障されるためには、すべての国の政府が守らなければならない「世界法」と、各国にそれを守らせるだけの権威と力を持った超国家的な機関とを創り出す必要がある。それにはどうしたらよいかについては、いろいろ違った意見があり得る。しかし現在、世界連邦運動に関係している人の多くが考えているのは、国連憲章を改正して世界法の性格を持たせ、それに伴って国連自身を、世界連邦議会、政府、裁判所、警察等から成る世界的組織へと発展的に改変することである。そういう改変の過程における最も重要なポイントの一つは、各国が主権の一部を超国家的権威に委譲《いじょう》することである。そこに容易に越えることのできない障害があることは、だれの目にも明らかである。

だが、国連加盟国のすべてが一致して望んでいる「有効な国際管理の下に全面完全軍縮を実現する」ためにも、すでに軍縮の管理という限られた任務を持った超国家的権威の創設を各国が認める必要が起ってきているのではないか。そういう意味からいって、軍縮と世界連邦とは、必ずしも時間的に前後して実現されてゆく、別々の目標ではなく、むしろ消極面と積極面とが表裏一体となって、単一の大目標を形づくっているともいえよう。

以上もっぱら「世界」の問題として世界連邦を取りあげたが、今回の大会が日本で開かれるということの特別の意義について、最後に述べたい。過去十回の世界大会がヨーロッパの諸都市で開かれたあとを受けて、今度はじめて日本で行われることになったのは、一方では世界連邦運動が、「世界」的なスケールに発展しつつある現状に対応していると同時に、他方では日本において、この運動が特に盛んであるという実情にもマッチしている。

私は前に「戦争の起る可能性の無視できないような世界は、もはや現代人にとって耐えられない不安な世界になった」と述べた。戦争の起らない世界を創り出すための、最も簡単な方法は、世界各国が自発的に戦争の放棄を宣言することである。実際、日本国民は戦争放棄を明記した憲法をつくり、それを守ってきた。そして安全保障の根拠を「平和を愛する諸国民の信義」に求めたのである。このようにして、日本は戦争のない世界を創り出すための、一つの模《も》範《はん》を示したわけである。このことが、人類の歴史の中で非常に大きな意味を持つようになるであろうことを、私は期待している。しかし、それと同時に戦争を放棄した日本の安全の保障は、すべての国の全面完全軍縮の実現と表裏一体をなす世界連邦の創設によって、はじめて確かなものになることをも見逃してはならない。そういう、いろいろな点を考えあわすと、今回の世界大会は、日本にとっても世界にとっても、特別な意味を持つことが、一層はっきりしてくるのである。

（一九六三年 五六歳）

少数意見

世の中は、随分速く変ってゆく。私がこの世に生れてきてからの六十数年の間にも、何度も大きな変化があった。しかも、変化のテンポは、あとほど速くなっている。この調子でゆくと、これから先、どう変ってゆくのか、空恐しいくらいである。数年前から、未来学というのが盛んになって、人類の未来とか、日本の未来とかについて、いろいろな学者が、いろいろな予測をした。その中には、未来に対する懐疑論や悲観論もあったが、単純な楽観論の方が多くの人の耳に入りやすかった。現在までの経済成長率が、今後も大体そのまま維持されるであろう。そうすると、二十一世紀には、日本人が一番金持になるだろう。というような議論を信じる人が多いように見受けられた。ところが、昨年になってから、状況が急速に変りだした。いろいろな変化の中でも、特に著しかったのは、環境汚染や自然破壊が、またたく間に、日本にとって、そしてまた他の先進国にとって、さらに地球上に住む全人類にとって、最も重大かつ深刻な問題の一つであることを、みなが認めざるを得なくなったことであった。それに伴って一、二年前までの単純な楽観論が、いっぺんに影がうすくなり、それに代って、悲観論あるいは、その極端な形としてのさまざまな終末論が、ジャーナリズムを賑《にぎ》わすことになった。

一体、未来はどうなるのか。誰の言っていることが本当なのか。確かに世の中は、急速に変りつつある。しかも、予想外の変化がしばしば起る。それに伴って未来に対する見方は、それ以上に激しく変ろうとしているのである。私たちは一体、どう考えたらよいのか。

中国の古い寓話《ぐうわ》に、「人間万事、塞翁《さいおう》が馬(1)」というのがある。国境近くに住む塞翁と呼ばれる老人の馬が逃げて、国境を越えてしまった。近所の人が気の毒がった。すると、老人は、「これがかえって幸いになるかも知れん」と言った。数カ月したら、逃げた馬が隣の国の良い馬をつれて、ひょっこり戻ってきた。近所の人がみな「お芽出《めで》とう」というのに、老人は、「何か悪いことがあるかも知れん」と言う。間もなく息子が馬から落ちて足をくじいて、びっこになってしまった。近所の人たちは、大いに同情したが、老人は、「いや、またいいことがあるかも知れん」と言う。一年ほどしたら、隣国との間に戦争が起った。近所の若い人たちは兵隊として駆り出され、大抵は死んでしまった。息子はびっこだったために、戦場に行かずにすんだ。

この話を現代にあてはめてみたら、どうなるか。たとえば、つい近ごろまで、日本の経済の高度成長がずっと続くのを、喜ぶのが当り前であった。しかし、その次に来たのは、公害や自然破壊の重大化であった。米の大豊作が毎年毎年続いたのは、大いに喜ぶべきことのはずであった。しかし、その次に来たのは、古米、古々米の累積《るいせき》であった。それらの間の因果関係――あるいは、著しい相関関係は、今となっては誰の目にも明らかである。しかし、事前にそれを察知していた人がどれだけあったか。対策を用意していた人がどれだけあったか。私はよく知らない。ただ、そういう意見に耳を傾ける人が多くなかったことは確かである。

昔の人の大多数は、同じような生活が、いつまでも続くと、ほとんど無意識的に信じていただろうと思う。実際、変化のテンポの非常に遅い時代に生きていた人たちにとっては、そう思いこむのが当然であったろう。世の中の変化の速い現代に生きる人たちは、もう少し違う考え方に、知らず知らずの間になっている。同じ状態がそのまま続くというよりは、むしろ、状態の変化してゆく方向が同じだろうと思いこみやすくなっているのではないか。たとえば、経済成長がどこまでも続くと思う。それに伴って生活も、ますます便利になり、豊かになり続けると思う。しかし、そういう一方向的傾向が、限りなく続くはずは、本来なかったのである。

人間の営みは、すべて有限にとどまらざるを得ない。月まで行くことはできても、宇宙のはてまで人間が飛んでゆくことはできないのである。月へ行くことはできたが、そこで長い間、暮すことはもっとずっと困難である。それができたとしても、それを実行するのは、非常に少数の人に限定されざるを得ないであろう。だから、今後、長期にわたって人類は、地球を自分たちのほとんど唯一の住家とせざるを得ないであろう。その地球は、今や、いろいろな意味で、人類にとって狭くなりすぎたのである。人口はますます増大しつつあるが、資源はもはや無尽蔵とは言えなくなっている。それどころか、人間による地球的環境の汚染は、急速に進みつつある。日本では、大自然という言葉が好んで使われてきた。広大な宇宙全体を見れば、今日といえども、大自然という表現が不適当とは言えない。しかし、人間の生活に直接かかわりあいのある環境としての自然は、もはや無限大とは見なし得なくなってきた。そういう意味では、もはや大自然とはいえなくなってきたのである。環境無限大論は成り立たなくなってしまったのである。むしろ地球を一つの宇宙船(2)、三十六億の人類を乗せて大空を飛ぶ宇宙船にたとえる方が、適切になってきたのである。三十六億の乗員は、毎日毎日、大量の廃棄物《はいきぶつ》、排泄物《はいせつぶつ》で、この宇宙船を汚染しつつあったのである。気がついたら、大変なことになっていたのである。

人類の未来は、そして、特に日本のように人口密度も工業生産力も大きい国の未来は、人間自身のつくりだす莫大な汚染物質の処理という大事業の成功の程度に、大きく依存せざるを得なくなっているのである。

ここまでは、私が改めて言うまでもなく、すでに多くの人によって、繰返し議論されていることである。私は、むしろ「塞翁が馬」の話から、もっと違った教訓をひきだしたいのである。それは塞翁という老人が、常に少数意見の代表者であったという点である。今日では、生産増大よりも公害防止、自然環境保全を重要視すべしという考え方は、もはや少数意見ではなくなった。それはそれでよいが、人間の未来には、恐らく、もっとほかにも、いくつかの大変な問題が待ち構えているに違いないのである。その中には、すでに何人かの人によって、指摘されているものがある。たとえば、医学や生物学の進歩がひきおこすであろうさまざまな問題がある。その一部は、臓器移植などの形で、すでに周知のことになっているが、今後は、もっと深刻な問題が、いろいろと出てくるであろう。今のところは、それらの多くは、少数の人たちの取越し苦労に過ぎないと思われやすいのである。しかし、あまりにも変化の速い、混迷の現代に生きる私たちは、その時々の多数意見を鵜呑《うの》みにするのではなく、未来に対する真剣な憂慮《ゆうりよ》に根ざす少数者の意見にも、耳を傾けることを怠ってはならないであろう。それは、私たち一人一人が、未来に向って、よりよく生きてゆくためにも、また、日本のよりよき将来のためにも、さらには、人類の存続のためにも、必要なことであろう。

（一九七一年　六四歳）

一日生きることは

私はだいぶん以前から座右銘を書くように依頼されると、「一日生きることは、一歩進むことでありたい」ということばをたびたび書いた。実際、私は昔からずっと、今日の一日に、何がしかでも進みたいと思いながら生きてきた。ところで、進むとか、進歩するとかいうのは、いったい何が進歩するのか。確かに現代の科学技術文明は、まだ進歩し続けている。人類の夢であった月旅行も実現させたが、それに投じた莫大な人的、物的資源に価《あたい》することであったかどうか。核兵器などという、とんでもないものが出現し、核大国はいまだにその威力の増大の競争を続けているが、こんなのは「進歩」どころか破滅への暴走にすぎない。今後の人類は目先の結果だけでなく、先々までよく考えてから行動しなければならない。人類全体としても個人個人も、叡智を働かせて、何が本当の進歩であるかを見きわめなければならない。

私は以前から人間の創造性という問題に深い関心をもっていた。創造性が発揮できれば、いちばん強く生きがいを感じられるのである。特に学者である私は、だれもわからなかったことをわからすこと、新しい真理を発見することを生きがいにしてきた。しかし創造性には自己規制がともなわねばならない。人類社会における科学技術の発達が、社会自身の暴走と破滅をもたらさないように、自己制御する、そういう意味の科学技術の進歩、それが今後の世界の本当の進歩というものであろう。

孔子は論語の中で「古《いにしえ》の学者は己《おのれ》のためにし、今の学者は人のためにする」といっている。極端にいえば、昔の学者は自分が真理を知るために学問したが、今の人は立身出世や見栄のために学問しているということである。つまり社会から一方的に、他律的に規制されているだけでは、本当に学問することにならない。学問とはまず自分の知りたいことがあって、それを探求することであり、自分が知ることがやがて、それを他人にもわけ与えることになる。そこで自分のためであると同時に、人のためにもなる。そういうことでありたいと思う。

（一九七四年　六七歳）

自然を知ること

1［エーテル］光や電磁波を伝えるために空間にあるとされていた物質。相対性理論で否定された。**2**［相対性原理］アルベルト・アインシュタイン（一八七九―一九五五）の相対性理論の基本的原理の一つ。**3**［コムプトン効果］コンプトン効果。アメリカの物理学者アーサー・コンプトン（一八九二―一九六二）が発見。光の粒子性を証明。

自然美と人間美

1［鶏群の一鶴］凡人の中の優れた一人。出典は『晋書』嵆紹伝。**2**［特殊相対性原理］一九〇五年アインシュタインが発表。等速度運動をするもの同士で同じ物理法則が成り立つことを示した。**3**［マイケルソンの実験］マイケルソン-モーリーの実験。一八八七年にアメリカの物理学者アルバート・マイケルソン（一八五二―一九三一）とエドワード・モーリー（一八三八―一九二三）が光の速さを測定した。光を伝える媒質と考えられていたエーテルの存在を否定する実験となった。**4**［一般相対性原理］一般相対性理論でアインシュタインが導入した原理。特殊相対性理論を加速度系に拡張。**5**［量子論］前期量子論。一九〇〇年のマックス・プランク（一八五八―一九四七）の量子仮説が起源。**6**［量子力学］素粒子や原子などミクロの世界を記述する物理学。ニールス・ボーア（一八八五―一九六二）、ヴェルナー・ハイゼンベルク（一九〇一―七六）、エルヴィン・シュレーディンガー（一八八七―一九六一）、ポール・ディラック（一九〇二―八四）などが確立。

知性と創造と幸福

1［カラマゾフ兄弟］ロシアの作家フョードル・ドストエフスキー（一八二一―八一）最後の長編小説『カラマーゾフの兄弟』。カラマーゾフ家三兄弟の話と、彼らの父親が殺された事件を軸とする。アリョーシャはカラマーゾフ家の三男。ゾシマ長老はアリョーシャがいる修道院の修道士。

科学と道徳

1［攪乱］秩序が乱されること。**2**［パグウォッシュの科学者会議］パグウォッシュ会議。核兵器と戦争廃絶を訴え、一九五七年から開催。第一回には湯川、朝永振一郎、小川岩雄（一九二一―二〇〇六、物理学者、湯川の甥）も参加。

目と手と心

1［天道不言而品物亨歳功成］大意は、天は何も言わないが万物は育ち、一年の農事の収穫物ができあがる。『古文真宝』収録の王禹偁「待漏院記」冒頭より。

痴人の夢

1［痴人の前に夢を説かず］朱熹（朱子、一一三〇―一二〇〇）の「答李伯諫書」に「痴人の前に夢を説く」、無駄なことの例えの句がある。

老年期的思想の現代性

1［四書］儒学の基本書。朱熹が選定。**2**［孝経］孔子の言行録。親への愛（孝）を徳の根本とする。**3**［朱子集註］四書集注。朱熹が四書を紹介し注釈を加える。**4**［史記列伝］司馬遷（前一四五頃―前八六頃）の歴史書『史記』の人物列伝。**5**［十八史略］中国の歴史読み物。**6**［元明史略］儒学者後藤芝山（一七二一―八二）が編纂した元・明時代の歴史書。**7**［春秋左氏伝］孔子編纂とされる歴史書『春秋』の注釈書。**8**［資治通鑑］司馬光（一〇一九―八六）の歴史書。一〇八四年完成。戦国時代からの一三六二年間を編年体で記す。**9**［文章軌範］科挙受験者のための模範散文集。**10**［唐宋八家文］唐宋時代八人（韓愈、柳宗元、欧陽修、蘇洵、蘇軾、蘇轍、曾鞏、王安石）の名文集。**11**［有朋堂文庫］大正・昭和初期に刊行されていた漢籍・古典日本文学叢書。**12**［稗史小説］小説仕立ての歴史読み物。**13**［八犬伝］曲亭馬琴（一七六七―一八四八）の『南総里見八犬伝』（一八一四―四二）。安房（千葉県南部）の里見家に集まった八犬士の活躍を描く。**14**［山本竟山］書家（一八六三―一九三四）。**15**［欧陽詢の「九成宮醴泉銘」］初唐の書家欧陽詢（五五七―六四一）の代表作。**16**［王羲之］書聖と称される東晋の書家（三〇七―六五）。**17**［諸子百家］春秋戦国時代（前七七〇―前二二一）の思想家の総称。孔子、孟子、墨子、韓非子、老子、荘子、孫子など。**18**［老子］老荘思想（道家）の祖とされる伝説的人物の言行録。**19**［荘子］戦国時代の思想家荘子（荘周。前三六九頃―前二八六頃）の著とされる書。無為自然を説く。**20**［元末の四大家］元末に活躍した文人画家黄公望、倪瓚、呉鎮、王蒙。**21**［四王呉惲］明末清初の文人画家王時敏、王鑑、王翬、王原祁、呉歴、惲寿平。**22**［朱子学］朱熹が大成した儒学理論。**23**［道教］老荘思想に民間宗教、仏教が融合した中国の宗教。**24**［三教指帰］七九七年、空海が出家宣言する際の書。**25**［逍遥遊］『荘子』の精髄を伝えるとされる部分。

知魚楽

1［デモクリトス］ギリシャの哲学者（前四六〇頃―前三七〇頃）。世界は原子から成るとする原子論哲学を体系化。

心をとめて見きけば

1［大蔵虎明］江戸時代初期の狂言師（一五九七―一六六二）。一六六〇年、狂言論『わらんべ草』を著した。

四国の秋

1［同盟通信］一九三六―四五年に存在した国策の通信社。戦後解体、共同通信社と時事通信社に分割。**2**［服部報公賞］一九三一年開始の発明、発見、または研究成就に対する賞。湯川は三八年受賞。**3**［仁科芳雄］物理学者（一八九〇―一九五一）。理化学研究所の重鎮として活躍、湯川、朝永振一郎などを育てた。**4**［天保山］大阪港にある人工低山。**5**［屋島］高松市北東部にある山。古戦場や景勝地として知られる。**6**［天狗久］初代天狗久、吉岡久吉（一八五八―一九四三）。**7**［忠信］「義経千本桜」に登場する源義経の家臣佐藤忠信。**8**［お染］「お染久松袂の白しぼり」「新版歌祭文」の登場人物。身分違いの恋から心中に至る。**9**［菅丞相］菅原道真。文楽では「菅原伝授手習鑑」の主人公として知られる。

アテネの集い

1［パウロ国王］パウロス一世（一九〇一―六四）。ギリシャ国王。**2**［コンスタンチノス国王］コンスタンティノス二世（一九四〇—）。ギリシャ国王。一九七四年廃位。**3**［アクロポリス］古代ギリシャの都市国家の丘。**4**［パルテノン］アテネの神殿。**5**［ピタゴラス］紀元前六世紀のギリシャの哲学者、数学者、宗教家。世界の真理を数に求めた。**6**［エードリアン卿］エドガー・エイドリアン（一八八九—一九七七）。イギリスの生理学者。**7**［フィンレー］モーゼス・フィンリー（一九一二—八六）。アメリカの古代ギリシャ研究家。**8**［ハイゼンベルク］ヴェルナー・ハイゼンベルク。ドイツの物理学者。不確定性原理で量子力学の確立に貢献。**9**［ティセリウス］ウィルヘルム・ティセリウス（一九〇二—七一）。スウェーデンの生化学者。**10**［テオドロコポーロス］ギリシャの哲学者（一九〇〇—八一）。**11**［高山寺の石水院］高山寺は京都北西山中の栂尾にある寺院。世界文化遺産。石水院は鎌倉時代の建築で国宝。

イタリアの夏

1［リンダウ］ドイツ最南部のバイエルン州、ボーデン湖上の小島の都市。**2**［ソルベー国際会議］一九一一年から数年ごと開催の国際科学会議。**3**［リヤルトの橋］リアルト橋。ヴェニスの大運河にかかる。**4**［フロレンス］イタリア中部の都市フィレンツェ。**5**［ウェストミンスター・アベイ］ロンドンのウェストミンスター寺院。

不思議な町

1［柳川］福岡県南部の都市。中心部は水郷で知られ、詩人北原白秋（一八八五—一九四二）の故郷。**2**［水の構図］写真家田中善徳の柳川の写真と白秋の詩歌が収められた本。**3**［懐月楼］柳川の料亭（元は遊女屋）。白秋は「立秋」などで様子を描写。**4**［白秋の生家］北原家は柳川の豪商で、当時は主に酒造業。**5**［邪宗門］白秋二四歳の処女詩集（一九〇九）。**6**［思ひ出］一九一一年に白秋が発表した抒情小曲集。まえがきで故郷柳川の情景や思い出を描写。

ふるさと

1［父母］父は地質学者の小川琢治（一八七〇—一九四一）、母は小川小雪（一八七五—一九四三）。**2**［養父母］湯川は一九三二年、湯川玄洋・ミチ夫妻の次女スミ（一九一〇—二〇〇六）と結婚、湯川姓を名乗った。**3**［大阪と……］一九三二年、結婚を機に京都から大阪市東区（現在の中央区）内淡路町に転居。三四年から四三年まで兵庫県西宮市に住んだ。**4**［嵯峨野］京都西部、桂川の左岸一帯。天龍寺、野宮神社などがあり、付近に広がる竹林が有名。

下鴨の森と私

1［下鴨の森］京都の下鴨神社の糺の森。**2**［京極小学校］京都御所東側の小学校。**3**［塔之段］御所の北の地名。上京区塔之段毘沙門町。**4**［室戸台風］一九三四年九月下旬の台風。死者・行方不明者三千人以上。**5**［広い電車路の開通］現在の下鴨本通。一九四二年拡幅工事完了。**6**［大学を停年］一九七〇年、湯川は京都大学を定年退官。

虫とのつきあい

1［朝顔日記］文楽の「生写朝顔話」のこと。

京の山

1［上甲子園］兵庫県西宮市上甲子園。一九四〇年五月に西宮市苦楽園から仮寓として移り、京都大学まで通勤。**2**［深泥池］京都北部にある池・湿地。**3**［新居］湯川は一九四三年十月に左京区下鴨神殿町に転居。**4**［一中］京都府立京都第一中学校（現京都府立洛北高校）。**5**［三高］第三高等学校（京都大学総合人間学部の前身）。**6**［大学］京都帝国大学（現京都大学）。湯川は一九二六年入学、二九年卒業。**7**［荒神橋や出町橋］京都を流れる鴨川（賀茂川）の橋。**8**［飛び離れて高い……］近くの大文字山と遠くの比叡山の高さを比較している。比叡山は八四八メートル、大文字山は四六五メートルで、実際には比叡山のほうが四〇〇メートル近く高い。**9**［きらら坂からも……］いずれも比叡山への登山ルート。現在では最も北のきらら（雲母）坂が一般的な登山道。

大文字

1［大文字の火］毎年八月一六日の五山送り火の一つ。京都東山に「大」の字が点火される。**2**［妙法の火］五山送り火で、京都北部の松ヶ崎で点火される「妙法」の送り火。**3**［弟滋樹］小川家の五男滋樹。**4**［五人の兄弟のなかで……］長男小川芳樹（冶金学者、一九〇二―五九）、次男貝塚茂樹（東洋史学者、一九〇四―八七）、三男湯川、四男小川環樹（中国文学者、一九一〇―九三）。**5**［輜重兵］食料、服、武器などの輸送兵士。**6**［寺子屋の芝居］文楽・歌舞伎の「菅原伝授手習鑑」。四段目切の通称が「寺子屋」。松王丸の弟桜丸は、菅丞相流刑の責任を取って切腹。松王丸の子小太郎は、菅丞相の息子菅秀才の身代わりに殺される。

半生の記

1［支那学］中国学。**2**［玉城嘉十郎］物理学者（一八八六―一九三八）。**3**［ド・ブロイ］ルイ・ド・ブロイ（一八九二―一九八七）。フランスの物理学者。電子の波動性を発見。**4**［シュレーディンガー］エルヴィン・シュレーディンガー。オーストリアの物理学者。量子力学の基礎方程式を提唱、電子の波動の法則を導いた。**5**［ゾムマフェルト］アルノルト・ゾンマーフェルト（一八六八―一九五一）。ドイツの物理学者。**6**［ラポルテ］オットー・ラポルテ（一九〇二―七一）。ドイツ・アメリカの物理学者。**7**［ディラック］ポール・ディラック。イギリスの物理学者。**8**［不確定性原理］量子力学で、一つの粒子の位置と運動量は両方同時には正確に決定できないとする原理。**9**［荒勝］荒勝文策（一八九〇―一九七三）。物理学者。ケンブリッジ大学などに留学。**10**［杉浦］杉浦義勝（一八九五―一九六〇）。物理学者。ドイツ、デンマークに留学。**11**［義兄］湯川蜻洋。**12**［中性子］陽子とともに原子核を構成する粒子。電荷は中性。**13**［ベータ崩壊］放射性原子核や素粒子が、電子と反ニュートリノ（または陽電子とニュートリノ）を放出、別の原子核や素粒子に変わる現象。**14**［フェルミ］エンリコ・フェルミ（一九〇一―五四）。イタリアの物理学者。**15**［中性微子］ニュートリノ。素粒子の一。一九三一年に存在が予言され、五六年に初観測された。**16**［エネルギー不滅の法則］エネルギー保存則。ベータ崩壊で放出される電子のエネルギーは一定でない。仮説としてニュートリノを導入し、そのエネルギーを考慮に入れれば、エネルギー保存則は成り立つとされ、後にニュートリノが発見された。**17**［ボーア］ニールス・ボーア。デンマークの物理学者。**18**［場］電磁場のように物理量が広がっている空間を場と言う。光子（電磁場の量子）や電子など量子力学の対象は、粒子と波の双方の性質を持つ。湯川は最初、中性子が陽子に変わって電子を放出し、近くにいる陽子が電子を吸収して中性子に変わると仮定して、検討を進めた。**19**［核力］原子核を構成する陽子や中性子の間にはたらく力。**20**［ボーズ］サティエンドラ・ボース（一八九四―一九七四）。インドの物理学者。**21**［中間子理論］湯川のノーベル物理学賞受賞理由となった理論。中間子は原子核を構成する粒子同士をつなぎとめる粒子。**22**［八木秀次］電気工学者（一八八六―一九七六）。**23**［コッククロフト型の高圧装置］コッククロフト・ウォルトン型加速器とも。イギリスの物理学者ジョン・コッククロフトとアイルランドの物理学者アーネスト・ウォルトンが開発した電圧増幅器。**24**［理化学研究所］一九一七年、科学研究・応用を目的に設立された財団法人。**25**［菊池正士］物理学者（一九〇二―七四）。**26**［苦楽園］六甲山麓の住宅街。湯川は一九三四―四〇年在住。**27**［二男］湯川高秋（一九三四―七一）。**28**［霧箱写真］荷電粒子の軌跡を観測する装置（霧箱）で撮影された写真。**29**［アンダーソン］カール・デイヴィッド・アンダーソン（一九〇五―九一）。アメリカの物理学者。**30**［坂田昌一］物理学者（一九一一―七〇）。**31**［小林稔］物理学者（一九〇八―二〇〇一）。**32**［武谷三男］物理学者（一九一一―二〇〇〇）。**33**［四恩］宋時代の書『釈氏要覧』では、国王の恩、父母の恩、師友の恩、衆生の恩。**34**［四相］複数の意味があるが、ここでは万物の生々流転を示す四種の相。生相（出現）、住相（存在）、異相（変化）、滅相（消滅）。

仁科芳雄先生の思い出

1［羽田飛行場へ……］当時湯川はコロンビア大学教授。「昨年八月」は一九五〇年。**2**［科学研究所］戦後解体された理化学研究所（理研）の後継機関。一九五八年、再度理化学研究所となる。**3**［ブラッセル］ブリュッセル。ベルギーの首都。**4**［大河内所長］大河内正敏（一八七八―一九五二）。工学者。第三代理研所長。**5**［オッペンハイマー］ロバート・オッペンハイマー（一九〇四―六七）。アメリカの物理学者。**6**［専門が途中で変る］仁科は東京帝国大学電気工学科を卒業、のち原子物理学に専門を変えた。**7**［クライン・ニシナの公式］スウェーデンの物理学者オスカル・クライン（一八九四―一九七七）と仁科が導いた公式。電子と光の衝突確率を与える。**8**［長岡半太郎］物理学者（一八六五—一九五〇）。先駆的な土星型原子モデルを提唱。9［ラビ博士］イジドール・イザーク・ラービ（一八九八—一九八八）。アメリカの物理学者。10［春風駘蕩］人柄が温和で物事に動じないさま。

勝敗論

1［陋巷］狭くむさ苦しい町。2［迦比羅城］ブッダの出身一族釈迦族の王宮。3［大汗］モンゴル帝国の皇帝、特にチンギス・カン（一一六二—一二二七）。

静かに思う

1［国民学校］戦時中の学校制度。一九四一年に小学校を改組。一九四七年廃止。2［蒼海の一粟］広い海に浮かぶ一粒の粟。宇宙から見れば人間は大変小さいこと。出典は蘇軾の「前赤壁賦」。3［フランクリン］ベンジャミン・フランクリン（一七〇六—九〇）。アメリカの政治家、発明家。避雷針などを発明。4［エディソン］トーマス・エジソン（一八四七—一九三一）。アメリカの実業家、発明家。蓄音機などを発明。

原子力と人類の転機

1［比較的安全……］一九五四年、アメリカがビキニ環礁で水爆実験を強行、指定された危険区域外の第五福竜丸など多数の漁船が被曝。

少数意見

1［人間万事、塞翁が馬］前漢時代の論集『淮南子』の「人間訓編」にある故事。2［地球を一つの宇宙船］アメリカの思想家・建築家バックミンスター・フラー（一八九五—一九八三）は一九六三年『宇宙船地球号操縦マニュアル』を著し、浪費・使い捨て社会からの変革を訴えた。

湯川秀樹

ゆかわ・ひでき（一九〇七〜一九八一）
物理学者

生まれ
明治四十（一九〇七）年一月二十三日、東京市麻布区に小川秀樹として誕生。父琢治は地質学者。母は小雪。生誕翌年、父の京都帝国大学教授就任で京都に転居。京都第一中学校、第三高等学校、京都帝大理学部物理学科を卒業。

勤め
昭和八（一九三三）年、大阪帝国大学講師（のち助教授）。昭和十四（一九三九）年より京都帝国大学教授。戦後すぐプリンストン高等研究所に滞在の後コロンビア大学客員教授。京大に設立された基礎物理学研究所所長を務めた。

家族・結婚
長兄芳樹は冶金学者、次兄貝塚茂樹は東洋史学者、弟環樹は中国文学者の学者一家。末弟の滋樹は戦病死（本書「大文字」参照）。姉に香代子、妙子。昭和七（一九三二）年、医師の湯川玄洋、ミチ夫妻の次女スミと結婚、湯川姓に。二男あり。長男春洋は近世演劇研究家。二男高秋は講談社に勤めたが早世した。

交友
ノーベル賞を受けた朝永振一郎は高校、大学の同級生。終生の友人でありライバル。湯川も朝永も仁科芳雄の薫陶を受けた。北海道で肺炎にかかり中谷宇吉郎の家で療養。吉井勇とも親しかった。アメリカ滞在時にはアインシュタインやオッペンハイマーと交流した。

ノーベル賞
昭和二十四（一九四九）年、「核力の理論的研究による中間子の予言」で日本人初のノーベル賞（物理学賞）を受賞。敗戦直後の日本の大きな希望となった。

教養人
科学的知識にとどまらず、祖父小川駒橘から受けた漢籍の素養や十代で文学に耽溺した経験が湯川の人生を支えた。特に『荘子』は生涯の書で、そこに登場する「混沌」の概念を好んだ。生涯和歌を作り、宮中歌会始の召人を務めたことも。歌舞伎、文楽、狂言などにも親しんだ。

平和運動
現代物理学の第一人者として戦後の反核・平和運動を主導、核兵器と戦争廃絶を目指すパグウォッシュ会議の設立や世界連邦運動に貢献した。世界平和アピール七人委員会の設立時委員。

もっと湯川秀樹を知りたい人のためのブックガイド

『旅人』湯川秀樹著、角川ソフィア文庫、二〇一一年（新装版）刊行から半世紀以上経っても読み継がれる不朽の名作。書かれているのは一九三四年、二七歳までのできごと。清冽な文章で幼少期からの思い出を描く。

『物理講義』湯川秀樹著、講談社学術文庫、一九七七年
ニュートン力学から素粒子物理学まで、物理学者たちの人間像を紹介しつつ、物理学の歴史をひもといた三日間の講義録。詳細な註・解説を付した『「湯川秀樹 物理講義」を読む』（小沼通二監修、講談社、二〇〇七年）も刊行。

『目に見えないもの』湯川秀樹著、講談社学術文庫、一九七六年
終戦後すぐ（一九四六年）刊行の随筆集。物理学とは何かにせまる第一部、半生を振り返る第二部、読書や言葉などの題材で思索を深めた第三部の三部構成。

『本の中の世界』湯川秀樹著、岩波新書、一九六三年
「荘子」「墨子」などの漢籍や、「カラマーゾフの兄弟」「舞姫」といった小説、「源氏物語」「伊勢物語」など日本の古典まで、自らを形作ってきた書物を語る。

『人間にとって科学とはなにか』湯川秀樹・梅棹忠夫著、中公クラシックス、二〇一二年
京都が生んだ学問の泰斗二人による刺激的な座談集。科学者でありながら科学や合理性の限界を説く湯川。一流の科学者が一流の科学哲学者でもあった証と言える一冊。

『湯川秀樹日記』湯川秀樹著、小沼通二編、朝日選書、二〇〇七年
一九三四年、のちにノーベル賞を受賞する中間子論の第一論文を書き上げた一年間の日記。詳細な註とともに、湯川の思索の日々がよみがえる。

その他、理論物理学の湯川の入門書に、**『理論物理学を語る』**（江沢洋編、日本評論社、一九九七年）、**『場の理論のはなし』**（鈴木坦・江沢洋共著、日本評論社、二〇一〇年）などがある。

本書は、以下の本を底本としました。
左記以外…『湯川秀樹著作集』1、4、5、6、7巻、岩波書店、一九八九年
「自然を知ること」「科学と哲学のつながり」「知識と知恵とについて」「目と手と心」「痴人の夢」「老年期的思想の現代性」「短歌に求めるもの」…『湯川秀樹自選集』1～4巻、朝日新聞社、一九七一年
「無題」「下鴨の森と私」「虫とのつきあい」…『外的世界と内的世界』岩波書店、一九七六年
「勝敗論」…「京都府立京都第一中学校同窓会会誌」第三五号、一九二二年（小川秀樹の名前で執筆）
「少数意見」…『自己発見』講談社文庫、一九七九年
表記は、新字新かなづかいに改め、読みにくいと思われる漢字にはふりがなをつけています。また、今日では不適切と思われる表現については、作品発表時の時代背景と作品価値などを考慮して、原文どおりとしました。
なお、文末に記した執筆年齢は満年齢です。

STANDARD BOOKS

湯川秀樹　詩と科学

発行日――2017年2月10日　初版第1刷
　　　　2022年10月1日　初版第4刷

著者――湯川秀樹
発行者――下中美都
発行所――株式会社平凡社
東京都千代田区神田神保町3-29　〒101-0051
電話（03）3230-6580［編集］
　　（03）3230-6573［営業］
振替　00180-0-29639

印刷・製本――シナノ書籍印刷株式会社
編集協力――大西香織
装幀――重実生哉

ISBN978-4-582-53159-6
NDC分類番号914.6　B6変型判（17.6cm）　総ページ224
平凡社ホームページ https://www.heibonsha.co.jp/
落丁・乱丁本のお取り替えは小社読者サービス係まで直接お送りください
（送料は小社で負担いたします）。

STANDARD BOOKS　刊行に際して

STANDARD BOOKSは、百科事典の平凡社が提案する新しい随筆シリーズです。科学と文学、双方を横断する知性を持つ科学者・作家の珠玉の作品を集め、一作家を一冊で紹介します。

今の世の中に足りないもの、それは現代に渦巻く膨大な情報のただなかにあっても、確固とした基準となる上質な知ではないでしょうか。自分の頭で考えるための指標、すなわち「知のスタンダード」となる文章を提案する。そんな意味を込めて、このシリーズを「STANDARD BOOKS」と名づけました。

寺田寅彦に始まるSTANDARD BOOKSの特長は、「科学的視点」があることです。自然科学者が書いた随筆を読むと、頭が涼しくなります。科学と文学、科学と芸術を行き来しておもしろがる感性が、そこにあります。

現代は知識や技術のタコツボ化が進み、ひとびとは同じ嗜好の人としか話をしなくなっています。いわば、「言葉の通じる人」としか話せなくなっているのです。しかし、そのような硬直化した世界からは、新しいしなやかな知は生まれえません。

境界を越えてどこでも行き来するには、自由でやわらかい、風とおしのよい心と「教養」が必要です。その基盤となるもの、それが「知のスタンダード」です。手探りで進むよりも、地図を手にしたり、導き手がいたりすることで、私たちは確信をもって一歩を踏み出すことができます。規範や基準がない「なんでもあり」の世界は、一見自由なようでいて、じつはとても不自由なのです。

このSTANDARD BOOKSが、現代の想像力に風穴をあけ、自分の頭で考える力を取り戻す一助となればと願っています。

末永くご愛顧いただければ幸いです。

2015年12月

ロゴマークデザイン：重実生哉